VIVIANE MOORE

JAUNE SABLE

LIBRAIRIE DES CHAMPS-ÉLYSÉES

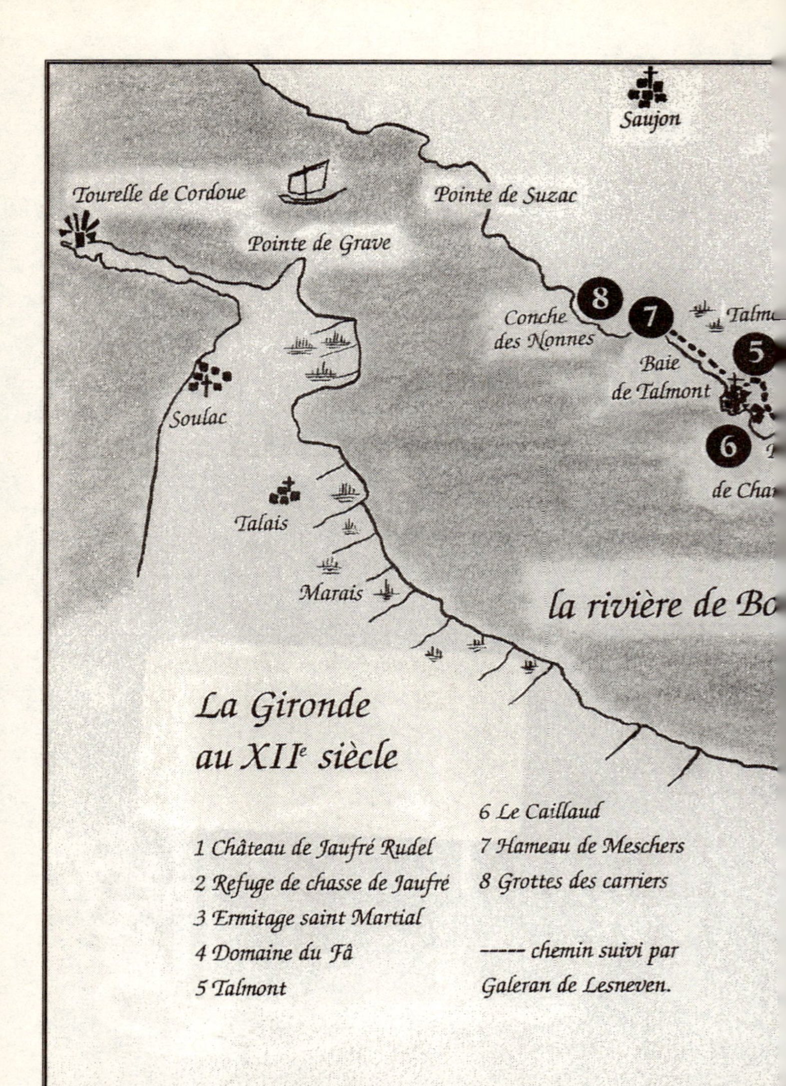
Saujon
Tourelle de Cordoue
Pointe de Suzac
Pointe de Grave
8
7
Conche
des Nonnes
5
Baie
de Talmont
Soulac
6
Talais
Marais
la rivière de Bo
La Gironde
au XIIe siècle
1 Château de Jaufré Rudel
2 Refuge de chasse de Jaufré
3 Ermitage saint Martial
4 Domaine du Fâ
5 Talmont
6 Le Caillaud
7 Hameau de Meschers
8 Grottes des carriers
----- chemin suivi par
Galeran de Lesneven.

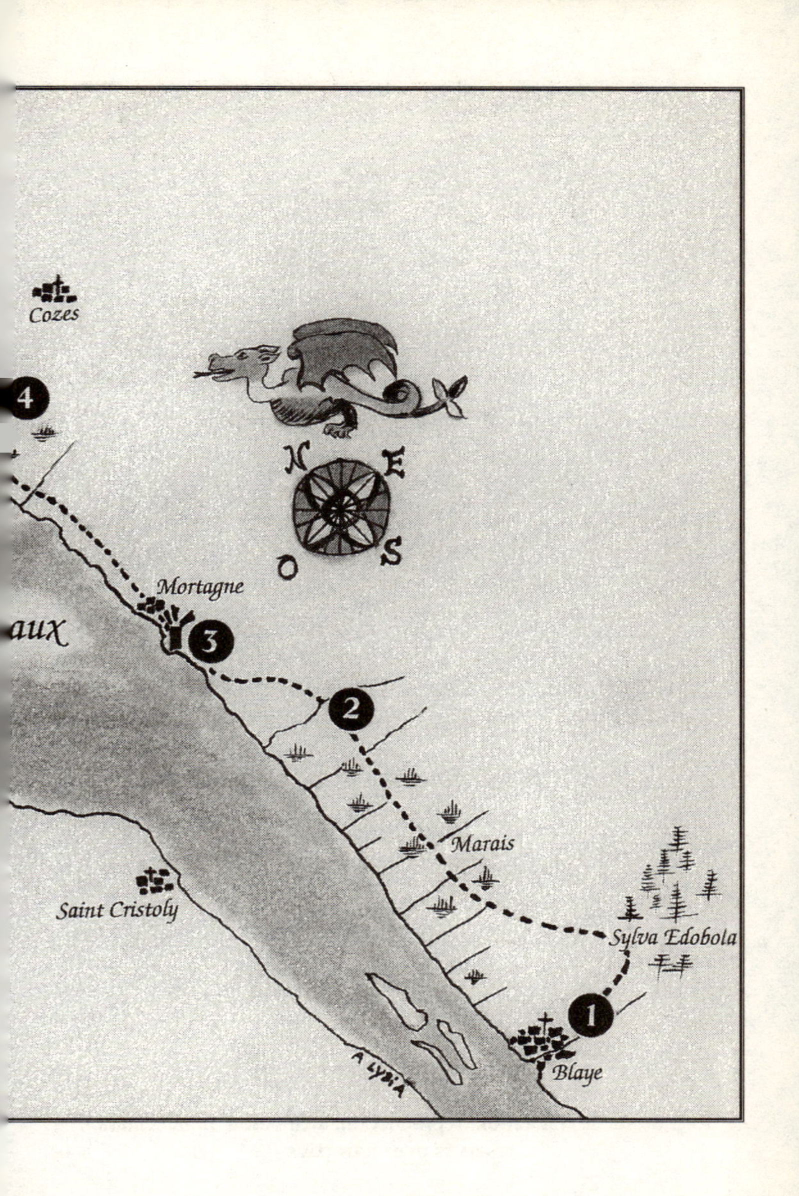
Cozes
4
N
E
O
S
Mortagne
aux
3
2
Marais
Saint Cristoly
Sylva Edobola
1
Blaye
A LYBIA

À Lydia

PROLOGUE

— Har ! Har ! Har ! har, har, ah, ah...

— Assez, les vieilles ! Fermez vos gueules, foutues engeances ! Ôtez-vous d'ici ! hurla l'homme en s'approchant des trois femmes accroupies autour du feu.

Elles se contentèrent de ricaner en le regardant :

— Har ! Har ! ah, ah, hi, hi...

Depuis deux jours et deux nuits qu'elles étaient là, à pousser des cris inarticulés et à lancer des herbes, des graines et des déchets d'animaux sur le brasier.

De temps à autre, une flamme plus haute que les autres s'élevait, projetant leurs ombres difformes sur les parois gluantes de la caverne.

L'homme avait envie de brandir le fer de son arme et de les massacrer à grands coups de tranchant, de les faire taire une fois pour toutes.

Pourtant, il finit par hausser les épaules : « Elles ont des pouvoirs ! fit-il en se détournant à regret. Autant sortir de ce trou à rats... »

L'homme se glissa par un étroit tunnel jusqu'au

seuil de la grotte. À peine dehors, il reçut une volée de sable et d'embruns en pleine figure et il se mit à rire.

La troisième nuit allait commencer, et les trois vieilles avaient déchaîné la tempête.

Creusée à flanc de falaise, l'entrée de la grotte surplombait la Gironde.

De là, dans la grisaille du crépuscule, l'homme pouvait observer les eaux agitées de l'estuaire et, plus au large, l'océan furieux qui souillait de son écume jaune les conches désertes.

La marée montait, et ses hautes vagues translucides étaient éclairées de l'intérieur par des myriades de lueurs verdâtres qui se mouvaient rapidement sous la surface.

« Les méduses ! grogna l'homme. C'est bon signe, le vent vient vers nous. »

Il tendit l'oreille. Au milieu du vacarme du ressac, il avait perçu l'appel d'une trompe marine. Il était temps de rentrer et d'avertir les autres.

À l'intérieur de la grotte, le feu se mourait. Les trois vieilles s'étaient enfin tues et semblaient dormir, recroquevillées sous leurs haillons.

L'homme poussa un cri rauque et, aussitôt, des formes humaines se mirent à grouiller dans la pénombre, s'enveloppant en hâte dans d'épais pluvials, s'armant de grands bâtons ferrés, puis se rassemblant en une sorte de cortège, qui passa silencieusement devant l'homme avant de disparaître dans le tunnel d'entrée.

Une femme, qui s'était tenue jusque-là dans l'ombre d'une anfractuosité, s'avança vers l'homme. Quand elle fut tout près, elle leva la tête pour le regarder dans les yeux et il vit sur sa figure un pâle sourire chargé de tristesse.

Elle lui tendit une ceinture de fougères mâles. Elle les avait cueillies selon les rites, et il savait qu'elles lui porteraient chance et le protégeraient du mauvais sort.

Après s'être incliné sans un mot, il s'en saisit et la noua autour de sa taille. Puis il s'engouffra dans l'étroit tunnel à la suite des autres.

Sur la falaise, la tempête paraissait plus féroce encore, peut-être à cause de la nuit qui venait.

Mais l'homme se moquait de l'obscurité : il connaissait par cœur chaque pouce de terrain, chaque faille du rude sentier, chaque arbuste que tordait le vent furieux, et c'est d'un bon pas qu'il rejoignit la petite troupe qui le précédait.

Il se saisit de la forte lanterne qu'on lui tendait, et tous poursuivirent leur route jusqu'à la conche des Nonnes, une bande de sable que les vagues furieuses semblaient vouloir avaler.

Sans un mot, les ombres se déployèrent tout au long de l'anse, indifférentes aux violentes bourrasques qui les faisaient vaciller.

L'homme alla vers les chênes verts qui bordaient le fond de la conche. Un âne était attaché là. Il se saisit de sa longe. La bête, effrayée, recula en renâclant.

Après l'avoir calmée de quelques sèches

paroles, il attacha la longe à sa patte arrière et pendit la lanterne allumée à son col.

Lentement, l'homme se mit à marcher, traînant l'animal derrière lui, de long en large.

Ainsi entravé, l'âne avançait en baissant la tête à chaque foulée. Il tanguait sur le sable humide et la lumière jaune du fanal, qui allait et venait, imitait assez bien le feu mouvant d'un navire.

L'appel de la trompe marine se fit tout à coup plus pressant et plus proche. L'attente, maintenant, ne serait plus très longue.

Le premier, l'homme aperçut une ombre qui courait sur la mer phosphorescente. Il la perdit de vue un instant, puis la vit à nouveau.

À n'en pas douter, c'était un lourd navire qui fuyait sous le vent.

— Il est à nous ! hurla l'homme. Et cela lui procurait toujours le même choc, la même intense joie sauvage.

Comme un chasseur à l'affût, il supputait à mi-voix les chances du navire.

— La vigie doit avoir vu la lumière du fanal et, comme nous sommes dans la pénombre, ce bâtard doit croire qu'il y a là une autre nef au mouillage, dans des eaux calmes, à l'abri d'un promontoire.

Un instant, le grand navire sembla échapper au piège qu'on lui tendait et continua sa course parallèlement à la côte.

Puis, tout à coup, il fit une brusque embardée, sa voile se mit à battre, se gonfla à nouveau, et il fila comme l'éclair vers le feu trompeur.

— Il est perdu ! cria l'homme.

Drossé par de puissants rouleaux, le navire qui approchait à toute vitesse n'était plus qu'à quelques encablures du rivage quand, soudain, il se cabra. Il venait de heurter les écueils.

Sa lourde coque explosa d'un coup et, presque aussitôt, l'océan se couvrit d'épaves au milieu desquelles quelques malheureux se débattaient, avant de disparaître, happés par les vagues.

Il y eut sûrement des cris déchirants, des appels lancés au ciel, mais le vacarme de la tempête les étouffa.

Les lueurs sous-marines qui avaient éclairé le désastre s'éteignirent brusquement, et les naufrageurs ne discernèrent plus devant eux que l'écume des vagues qui venaient s'écraser à leurs pieds avec leur chargement de corps mutilés, de débris de bois, de barriques, de rames et de mâts brisés…

Un homme, à demi nu, vint s'échouer entre deux eaux, au milieu des morts.

Celui-là vivait encore et tendit un bras vers les silhouettes noires qui se précipitaient vers lui.

Le marin n'eut pas le temps de crier merci qu'un croc de métal se planta dans son ventre, le fouaillant et l'ouvrant comme un poisson à l'étal, répandant ses viscères parmi les algues, dans la mer teintée de sang.

Voyant cela, un autre survivant réussit à se

mettre debout et s'enfuit en hurlant de terreur. C'était compter sans les trois ombres qui le rattrapèrent et l'encerclèrent.

Le marin se laissa tomber à genoux sur le sable humide et ferma les yeux, croyant sa dernière heure venue. Mais rien ne se passa.

Entrouvrant lentement les paupières, il essaya de discerner les traits de ceux qui l'entouraient. L'un des naufrageurs s'approcha de lui à le toucher et releva sa capuche.

Sous les yeux ébahis du marin, le vent dénoua une longue chevelure de femme. Des cheveux comme des lanières noires et luisantes, qui se tordaient autour d'un visage gris, empreint d'un calme si sombre, si menaçant que le malheureux comprit qu'il était perdu et que rien n'empêcherait celle-là de le mettre sauvagement à mort.

La femme leva posément son croc à naufrage et, de toutes ses forces, l'abattit sur le crâne du marin.

Alors qu'il s'effondrait, il entendait encore la voix de celle qui le frappait :

« Ton âme à Dieu, à moi ta dépouille ! »

PREMIÈRE PARTIE

« Amors de terra londhana,
Per vos totz lo cors mi dol'
E no'n puesc trobar mezina
Si non au vostre reclam... »

« Amour de terre lointaine
Pour vous, tout mon cœur est dolent
Je n'y puis trouver de remède
Si je n'écoute votre appel... »

Jaufré II Rudel, vicomte de Blaye
XIIe siècle

1

À ne se fier qu'aux apparences, les fêtes du mai 1147 se déroulèrent comme il était coutume.

L'or du soleil brillait sur l'azur du ciel. L'air était doux et les forêts parées de leur jeune verdure.

Tout au long des voies charretières, les paysannes ornaient de guirlandes de fleurs et de feuillages les fontaines et les lavoirs, les bornes et les croix de pierre.

Les bourgeois et les artisans avaient planté le Mai, l'arbre du renouveau. Ils avaient aussi dressé des loges de branchages en l'honneur de Marie, la Vierge Mère.

« Un mai comme celui-là, on n'en a pas vu depuis longtemps et on n'en reverra pas de si tôt ! » disaient les vieux, qui ne savaient à quel point c'était vrai et combien l'avenir serait sombre.

Déjà, derrière les remparts des châteaux et des citadelles, le cliquetis des armes, le souffle des forges, les hennissements nerveux des destriers étouffaient les cris et les chants joyeux du mai.

Pleins d'ardeur, chevaliers et barons se mettaient en route, penons, bannières et gonfanons au vent.

Des groupes se formaient, de plus en plus nombreux, unis par un même enthousiasme. Toutes les différences de caste, de rang, de dialecte se confondaient en un même élan irrésistible. En ce gai printemps, les Francs partaient reconquérir la Terre sainte.

Précédés par la bannière royale rouge et or, Aliénor d'Aquitaine et Louis VII devaient quitter Saint-Denis le 12 mai.

Imitant son royal époux, la belle Aliénor avait pris la croix, entraînant à sa suite la fine fleur des chevaliers poitevins et gascons, touchés par la flamme qui animait leur suzeraine.

Comme jadis les croisés de Godefroi de Bouillon, l'armée royale traverserait l'Europe centrale et occidentale pour arriver à Constantinople, où les attendait Manuel Comnène, empereur de Byzance.

Ce mai ne ressemblait décidément à aucun autre. Déjà, du Saint Empire germanique jusqu'aux confins du royaume de France et d'Aquitaine, routes et chemins retentissaient du redoutable fracas des armées qui convergeaient vers Jérusalem.

2

Depuis qu'il était l'hôte du vicomte Jaufré II Rudel en son château de Blaye, Galeran de Lesneven ne se lassait pas de la compagnie du maître des lieux.

Il savait pourtant que, bientôt, leurs chemins se sépareraient. Chacun, à sa façon, tiendrait serment à la reine Aliénor.

Jaufré Rudel irait rejoindre l'ost de son cousin et suzerain Guilhem VI Taillefer, comte d'Angoulême, et joindrait ses troupes à celles du châtelain de Couci et d'Alphonse Jourdain, comte de Toulouse.

L'armée levée par ces trois seigneurs embarquerait à Port-Bou, espérant ainsi arriver à Saint-Jean-d'Acre avant celles de l'empereur Conrad de Hohenstaufen et de Louis VII, qui cheminaient par voie de terre.

De son côté, le chevalier Galeran de Lesneven se rendrait en Saintonge pour accomplir la délicate mission que lui avait confiée Aliénor.

Une mission insolite qui prouvait, s'il en était besoin, que même devenue reine de France, la jeune femme s'inquiétait toujours de la prospérité de son cher duché d'Aquitaine.

La reine avait su trouver les mots… et surtout les gracieux silences qui avaient eu raison de la résistance du chevalier. Et lui qui n'aimait point recevoir d'ordres, et n'avait point voulu se croiser, avait cédé sans coup férir à la muette prière de la souveraine.

Il s'était donc rendu, tout d'abord, à l'abbaye de saint Jean-d'Angély, où il avait rencontré Saldebreuil de Sanzay, le connétable, qui ne l'avait guère éclairé sur sa mission. Puis il avait pris le chemin de Blaye où résidait Jaufré Rudel, vicomte, troubadour et autre admirateur de la belle Aliénor.

Admiration partagée car, aux dires de la reine, qui s'entourait pourtant de poètes renommés comme Arnaut Guilhem de Marsan ou Rambaut de Vaqueiras, il n'en était point de meilleur que Jaufré le Rude, dans tout le duché d'Aquitaine.

De petite taille, les épaules larges et le jarret solide, le vicomte de Blaye avait pourtant l'air, au premier abord, d'un homme de sang, ne craignant rien d'autre que la colère de Dieu.

Mais, pour un observateur attentif comme le chevalier, son troublant regard gris trahissait le chantre du *fin amor* et ses tourments secrets.

3

Pour Galeran, les quatre jours passés à Blaye allaient s'écouler comme un seul. Jaufré voulant, avant son départ, honorer à la fois son invité et fêter dignement le mai nouveau.

Aubes et nuits se succédaient donc, sans que s'interrompent danses, jongleries et lais d'amour, et sans que le chevalier puisse faire autre chose que d'apprécier la munificence et les talents de son hôte.

Un soir, alors qu'il se rendait aux écuries, une surprise de taille attendait pourtant Galeran.

Derrière lui, avait éclaté un chapelet de jurons qui fleuraient bon leur Gascogne :

— Millediou ! Putain de moine ! Par ma barbe, toi Galeran, mon frère !

Le chevalier se retourna vivement et se trouva nez à nez avec un grand gaillard aux cheveux hirsutes et à la trogne illuminée.

— Marcabru ! s'exclama le chevalier en ouvrant les bras au troubadour qu'il avait rencontré deux ans plus tôt, en pays chartrain[1].

Après s'être étreint, les deux hommes reculèrent d'un pas pour se mieux contempler.

— Vous n'avez pas changé, messire Galeran, s'écria Marcabru. Par Dieu, vous ressemblez toujours à votre lame.

1. Voir *Bleu sang.*

— Venant d'un poète tel que toi, repartit le chevalier, je prends ça pour un compliment.

— Ça pour sûr, messire, c'en est un ! Il est peu d'hommes qui ne gauchissent sous l'épreuve, et vous êtes de ceux-là ! Pour les autres, ils naissent droit et finissent tordus ou ébréchés comme pots de terre contre margelle de puits ! s'esclaffa Marcabru en décochant au chevalier une bourrade à lui démettre l'épaule. Et moi, qu'en pensez-vous ? ajouta-t-il, la poitrine bombée sous son pourpoint, comme quelqu'un qui a l'habitude de quêter les regards admiratifs.

— Il me semble que tu es chaque jour plus gaillard, mon ami, sourit Galeran.

— Ça, vous l'avez dit !

— On m'a appris que tu avais exercé tes grands talents à la cour du duc Alphonse VII de Castille ?

— Ah ouiche ! Un vrai seigneur que le duc, et l'âme large, et la bourse bien remplie pour son dévoué serviteur ! Pas comme ce triste roi Louis, ce moine sans bure qui m'a chassé d'auprès de la reine Aliénor, et cet Audric de Blois qui m'a traité de « pain perdu » à la face de tous. Voyez-vous, ajouta Marcabru, en ces temps de croisade, mon franc-parler n'a plus l'heur de plaire à tous ces seigneurs, confits dans leur vertu et leurs dévotions.

— Eh bien, mon ami, te voilà bien amer, dit Galeran qui sentait dans la voix du troubadour des accents qu'il ne lui connaissait point.

— Baste ! Ça passera et ici est un lieu rêvé pour cela. De francs compagnons, des pucelles aux joues fraîches, du vin et la divine poésie… Je savais bien que les nymphes nous feraient nous rencontrer à nouveau ! continua-t-il. Mais, par Zeus, que faites-vous chez le Rude ?

— Bah, tu connais mon goût de l'errance ! répondit laconiquement le chevalier. Et toi, l'ami ?

— Moi, c'est le Mai qui m'amène. La reverdie des bois qui va de pair avec la joie d'aimer ! À dire vrai, je suis follement épris d'une jouvencelle de Blaye.

Le chevalier sourit : il n'avait jamais connu Marcabru que follement épris.

En fait, le paillard courtisait tout ce qui portait jupon et, malgré son aspect peu engageant, sa réputation et son réel talent de poète lui ouvraient parfois de bien surprenantes portes.

Il faut avouer aussi qu'il prenait tout ce qui s'offrait comme don du ciel. Qu'elles soient jouvencelles ou douairières, riches ou pauvres, belles ou laides, toutes les femmes trouvaient grâce à ses yeux de poète affamé de bonne chair.

— Elle a le teint clair, le cheveu blond, et le dessin de sa bouche est si ferme qu'on la voudrait mordre comme pomme au verger, poursuivait Marcabru, le regard brillant. Il y a autour d'elle des parfums à nuls autres pareils… (Soudain, il sursauta et désigna une femme qui sortait à grand pas des communs du château :) Regardez, c'est elle ! s'écria-t-il avec élan. Ah, chevalier ! quelle allure décidée ! N'est-elle point gironde, cette jouvencelle-là ?

— Ça pour sûr, elle l'est ! dit Galeran en se retenant de rire.

La jouvencelle en question était, en fait, une lourde créature aux imposantes mamelles, dont les cheveux filasse et mal peignés débordaient d'une coiffe crasseuse. Quant aux parfums qui chaviraient Marcabru, il sembla au chevalier qu'ils n'étaient autres que ceux des ragoûts qu'elle mitonnait probablement dans les cuisines du château !

— Quelle nature ! Quelle beauté rudanière ! s'extasiait le poète. Ah ! c'est autre chose que ces mijaurées qu'on rencontre à la cour ! Je suis sûr qu'elle va m'adorer.

— Parce que tu ne la connais point encore ?

— Ce n'est point ce que je veux dire, messire. Je ne la connais pas au sens biblique… Elle est encore, pour moi, vierge comme la Terre promise, la vallée de Canaan pour le peuple hébreu !

Pour le coup, Galeran éclata d'un grand rire. Après avoir repris – non sans mal – son sérieux, il questionna :

— Ce n'est donc point pour elle que tu es venu ici ?

— Non point, mais il n'est pas interdit de mêler le *fin amor* au duel.

— Au duel ?

— Je suis venu me mesurer en loyal tournoi à mon ami Jaufré avant qu'il ne parte pour la Terre sainte, dit Marcabru d'un air important. C'est un rude adversaire, ce Jaufré, et Peyronnet, son chanteur, sait mieux qu'un autre accorder sa harpe aux rimes de son maître. L'affaire n'est point encore dans ma besace !

4

Galeran et Marcabru étaient encore à deviser sur les remparts et le soleil venait juste de disparaître à l'horizon quand l'appel annonçant le début des festivités nocturnes retentit.

Les deux amis allèrent à leurs appartements pour se laver et revêtir des tenues convenables, puis se dirigèrent en hâte vers la salle du banquet.

Au long des corridors, les valets avaient allumé des flambeaux, et la forteresse tout entière résonnait du son des vielles, des luths et des flûtiaux. Des enfants se poursuivaient en riant d'une pièce à l'autre, se jetant dans les jambes des serviteurs, agaçant les lévriers et les épagneuls des seigneurs en leur jouant mille tours.

Enfin, Galeran écarta la tenture qui masquait l'entrée de la haute salle et demeura figé sur le seuil, n'en croyant pas ses yeux. Il lui semblait être transporté, comme par magie, dans les bois de Brocéliande, la forêt de tous les ensorcellements.

Des guirlandes de fleurs et de lierre dégringolaient en cascade depuis les poutres maîtresses.

Une loge de feuillages avait été construite au milieu de la pièce et, pour parfaire l'illusion, les charpentiers du vicomte avaient arrimé, non loin des murs, de lourdes branches de chêne. Les jonchées qui recouvraient le dallage n'étaient que mélange d'herbes fraîches, de violettes, de muguets et d'iris.

Mais le plus étonnant, c'était la lumière. On ne voyait ni chandelier ni candélabre ; tous étaient dissimulés derrière les feuillages, produisant une multitude d'effets chatoyants qui faisaient ressortir la beauté de la scène et les couleurs éclatantes des habits des convives.

Une pucelle à la tunique brodée de pétales de fleurs s'avança timidement vers les deux hommes et leur offrit des couronnes de lauriers.

— Grand merci, ma mie, te voilà donc vêtue de printemps, dit Galeran en recevant la couronne qu'elle posa sur ses cheveux drus.

— Avec plaisir, messire chevalier, répondit la petite, échappant d'un bond aux caresses impétueuses de l'incorrigible Marcabru.

Le chevalier se pencha et baisa l'enfant au front.

— Maintenant, montre-moi où se tient le vicomte, veux-tu ?

— Il est là-bas, messire, derrière la loge de feuillages, répondit gravement la fillette en désignant le haut bout de la salle.

Entouré de ses vassaux et de fort belles dames, le vicomte chantait, et Peyronnet, assis à ses pieds, tirait de mélancoliques accords de sa harpe :

« Amors, alegre. m part de vos
Per so quar vau mo mielhs queren,
E suy en tant aventuros
Qu'enqueras n'ay mon cor jauzen,
La merce de mon Bon Guiren
Que. m vol e m'apell' e.m denha
E m'a tornat en bon esper… »

Galeran vint s'incliner en silence devant Jaufré qui s'arrêta aussitôt et lui fit signe de prendre place près de lui.

En hommage au maître des lieux, le brave Marcabru s'agenouilla :

— Salut à toi, prince de Blaye.

Jaufré inclina la tête et, d'un geste courtois, invita le troubadour à se relever :

— Salut à toi, Marcabru ! Un ami ne s'agenouille devant son ami, un frère en poésie devant son frère. Viens à mes côtés.

Le compliment emplit d'aise Marcabru. Lui qui n'avait de famille que celle qu'il s'inventait, la parentèle d'un vicomte, fût-ce en chansons, lui réchauffait le cœur.

Jaufré le fit asseoir à sa droite et frappa dans ses mains.

Aussitôt, fendant la foule des seigneurs, apparut une troupe de jeunes gens et de jeunes filles aux cottes cousues de fleurs fraîches. Des joueurs de flûtiaux et de tambourins se placèrent derrière eux.

Le silence se fit.

Le moment était solennel : la reine d'avril devait choisir le jeune roi de mai.

L'une des jeunes filles, une belle pucelle au corps souple et aux longues nattes brunes, alla fièrement se camper devant le vicomte :

— Je suis reine avrileuse et viens danser en votre château, si vous m'en donnez permission, mon beau prince.

— Jolie pucelle, reine d'avril, je te salue, répondit Jaufré Rudel d'un air solennel. Et que ton gentil corps sache nous mener vers la reverdie et la joie d'amour. Trouve le jouvenceau qui saura bien te cajoler, et oublie le vieux roi d'avril et sa froidure.

Le rouge aux joues, la jolie fille salua le vicomte et la noble assemblée d'un ample et gracieux geste du bras.

Elle s'alla placer dans la loge de feuillages, au milieu du cercle des jeunes gens et resta immobile un moment, pendant qu'une ronde se formait et se mettait à tournoyer aux sons des flûtiaux et des tambourins.

Lentement, la reine avrileuse sortit de la loge, se balançant comme roseau dans le vent, un sourire sur les lèvres.

La pucelle était gracieuse et c'était plaisir de

la voir onduler doucement tandis que la ronde devenait plus rapide et les sons des flûtiaux plus aigus.

Soudain, ils firent silence et la ronde se figea. Dans un roulement de tambour, un vieil homme se glissa au côté de la belle avrileuse, essayant d'effleurer sa chevelure de ses doigts crochus, puis se jetant à ses pieds.

C'était le vieux roi d'avril qui voulait retenir sa jeune promise. La pucelle se détourna et s'éloigna. La tête basse, le vieillard se releva, puis, fendant la foule des danseurs, disparut.

Les jouvenceaux restèrent immobiles encore un instant, puis la ronde repartit de plus belle.

Comme libérée, la belle reprit sa danse, plus vive encore, plus sensuelle. Ses cheveux sombres s'étaient déroulés, la sueur plaquait sa cotte à sa peau, laissant deviner les courbes pleines de ses seins, la rondeur de sa croupe.

Un damoiseau de belle prestance, aussi blond que la pucelle était brune, s'alla placer devant la belle.

Il s'agenouilla avec grâce, puis se releva d'un bond.

La taille bien prise dans un bliaud rouge et or, et le corps vigoureux, il dansa avec une ardeur brutale qui éveillait de troubles lueurs dans les yeux des nobles dames.

Dans un dernier et puissant élan, il se figea à quelques pas de la pucelle. Son regard ombré de longs cils planté dans celui de la belle, il s'approcha à la toucher.

La damoiselle ne faisait plus mine de s'échapper. Sa poitrine se soulevait en saccades et elle frissonnait. Le jeune mâle tendit la main vers son visage, effleurant de ses doigts les lèvres tremblantes.

— Eya, elle est prise ! Eya, eya, qu'il l'enlève ! cria sauvagement l'assemblée en tapant le sol du pied.

Quand il la souleva de terre et l'emporta à travers la salle, la pucelle se laissa aller dans ses bras et tous hurlèrent de joie. Avril se pâmait dans les bras du Mai.

— Pardieu, la belle prise ! s'exclama à regret Marcabru en les voyant s'éloigner.

— Tiens donc, tu ne les auras pas toutes ! fit le chevalier en riant.

Ainsi qu'il était coutume, les gens des bourgs voisins vinrent ensuite faire la quête, ramassant pêle-mêle pains, fromages, lard, pâtisseries, pièces d'argent… mais aussi tissus et chaussons brodés.

5

Le cor résonna à nouveau. Les joutes poétiques, les « tensos » entre Jaufré et Marcabru allaient commencer.

Le vicomte et Marcabru choisirent d'un commun accord deux arbitres, rôles qui échurent à Galeran et à Guillerma, gente dame d'âge respectable et de grand savoir.

Le silence se fit et les accents vibrants de la harpe de Peyronnet s'élancèrent vers la voûte.

Debout devant l'assemblée, le Rude se mit à chanter son amour pour sa haute dame.

Sa voix était grave et son timbre émouvant. Il parlait du « Joy » , la joie suprême de désirer, plus que de posséder ce que l'on désire.

« Amour de terre lointaine
Pour vous, tout mon cœur est dolent
Je n'y puis trouver de remède
Si je n'écoute votre appel »

Tout au long de son chant, le troubadour se garda de dévoiler le nom de la dame tant aimée et le tint caché par un « senhal » , un surnom poétique, excitant ainsi la curiosité de ses auditeurs. Pour terminer, il fit ses adieux à l'assemblée :

« Je vais cherchant mon mieux
et j'ai cette bonne aventure d'en avoir

le cœur joyeux, grâce à mon Bon Garant
qui me veut et m'appelle et m'accepte
et qui m'a mis en bon espoir... »

L'assemblée applaudit le poète, qui s'inclina avec élégance et se tourna vers Marcabru. Celui-ci, s'accompagnant de sa vielle, entreprit aussitôt de conter avec entrain son amour bafoué pour une bergère.

Au fur et à mesure, le gaillard faisait moult simagrées, montrant que l'objet de ses désirs lui échappait :

« Mignonne, fis-je, objet de mon respect,
Je me suis détourné de mon chemin
Pour vous tenir compagnie, car je pense
Qu'une jeune vilaine comme vous ne doit pas
Sans la compagnie de quelque berger
Faire paître tant de bétail
Seulette dans un pareil lieu

Messire, dit-elle, quoi qu'il en soit de moi,
Je sais reconnaître sens de folie
Réservez votre compagnie, seigneur,
Dit la vilaine, à celles à qui elle sied,
Telle en effet croit posséder un homme
Qui n'en possède que l'ombre.

Jouvencelle, dis-je, une fée vous dota
Au berceau d'une beauté qui surpasse toutes
Les vilaines, mais vous me sembleriez
Doublement belle si nous pouvions nous

Trouver quelque jour ensemble,
Moi sur vous, vous sur moi... »

La foule applaudit à tout rompre, car, ce soir-là, l'heure était plus à la joie qu'aux chagrins d'amour. Le vicomte lui-même pria les arbitres d'accorder le prix à Marcabru.

Bien que le cœur de Galeran penchât pour la noble beauté du chant de Jaufré, il se rangea à l'avis de dame Guillerma qui semblait trouver à son goût le redoutable Marcabru. Et c'est en rougissant comme une jouvencelle que la vieille dame tendit au vainqueur une couronne de lauriers dorés et une bourse rebondie.

Plus tard, alors que le troubadour, chargé de vin et d'honneurs, souhaitait joyeusement le bonsoir à Galeran, celui-ci lui demanda :

— Je sais que tu ne me répondras pas et c'est bien ainsi, mais je me demande vraiment quelle est la cruelle qui se cache derrière le senhal choisi par Jaufré ?

Marcabru regarda Galeran d'un air madré et, d'une voix pâteuse, murmura :

— Pour sage je tiens, sans nul doute, celui qui dans mon chant devine ce que chaque mot signifie. Le Rude désire la plus inaccessible de toutes, la « Domna » , celle qui, seule, est Maîtresse, Dame, et Majesté. Il est ainsi au cœur du *fin amor*, bien plus que nous autres, pauvres créatures de chair et de sang.

Galeran hocha la tête. Cette révélation expliquait la mélancolie de son hôte et le fait qu'il s'était, lui aussi, croisé.

En montant à son appartement, le chevalier rencontra le Rude qui errait, pâle et les traits tirés.

— Demain, à l'aube, je vous convie à la plus belle des chasses, celle au faucon. Nous serons seuls et je répondrai aux questions que vous brûlez de me poser et que votre courtoisie a su retenir pendant ces longues journées.

6

De la tour de la Porte, où il était grimpé avant que le jour ne se lève, Galeran observait la silhouette du vicomte, debout sur le chemin de ronde.

Il avait remarqué que chaque matin, à la même heure, Jaufré Rudel se rendait là, sur ces remparts, et restait immobile, le regard perdu dans la direction de l'océan qu'il ne pouvait voir.

Un mince sourire étira les lèvres du chevalier, qui redressa la tête et détailla le paysage qui s'étendait autour du château.

Au nord, on discernait l'étendue luisante d'un immense marais, d'où s'envolaient des oies sauvages qui passaient en criant au-dessus de la forteresse.

Un peu plus à l'est, il y avait une profonde forêt que traversait la voie romaine par où il était arrivé, venant de Saintes.

Mais ce que le chevalier préférait, c'était la vision qui, à l'occident du château, s'offrait à lui.

Le grand fleuve, la Gironde, *girus undae*, tournoiement d'eaux, ainsi que la nommaient les Romains, avec ses îles de sable et les voiles blanches des vaisseaux.

Très large en cet endroit, le fleuve virait au mauve sous la caresse du soleil levant, et l'on ne devinait si ses eaux étaient salées ou non, tant ses puissants remous ressemblaient à ceux de la mer.

7

En se rendant aux communs, le chevalier s'aperçut que, malgré l'heure matinale, la cour du château résonnait déjà des derniers préparatifs guerriers.

Le jeune frère du vicomte, Gérard II, en grande conversation avec l'intendant, le salua d'un aimable signe de tête. Le jeune homme veillait déjà à tout, car c'était sur lui, en l'absence de son aîné, que reposerait la gestion des terres, des moulins, des forges et des châteaux.

Tout en agrafant sa cape, Galeran passa à

côté de la forge et s'y arrêta un instant, se mêlant aux gens qui suivaient avec fascination le travail des deux forgerons du vicomte.

L'un d'eux s'occupait du trempage des épées. Il enrobait soigneusement les lames dans une fine gangue d'argile jaune et blanc. Ainsi, la chaleur serait uniforme sur tout le tranchant et le métal ne gauchirait point.

À la vue de ces gestes familiers, une expression singulière éclaira le visage du chevalier, mélange de joie et de mélancolie. Tout cela lui faisait souvenance du forgeron de son père, là-bas au château de Lesneven, et de sa joie quand il avait reçu sa toute première lame.

Il se reconnaissait dans le visage tendu d'un jouvenceau qui, debout à ses côtés, fixait sans ciller l'épée chauffée jusqu'au rouge incandescent.

Le forgeron laissait maintenant la lame refroidir. Elle passa lentement au jaune, au bleu, puis au brun. Enfin, la teinte de « l'aile d'abeille » apparut, et l'homme la plongea alors dans un bain d'huile.

« Ainsi, bientôt, songea Galeran, elle trempera à nouveau dans le rouge, mais ce sera celui du sang des infidèles… »

Un hennissement, qu'il aurait reconnu entre tous, fit soudain se retourner le chevalier.

Un jeune écuyer s'avançait vers lui, tenant la bride de Quolibet, son fidèle hongre, sellé et harnaché pour la chasse.

— Messire, le vicomte vous fait dire qu'il est

prêt. Il vous attend à la poterne, déclara le jeune garçon en tendant la bride à Galeran.

— Grand merci à toi, dit Galeran en sautant en selle.

Près de la poterne, le chevalier aperçut la silhouette solide de Jaufré, déjà à cheval. Le vicomte portait au bout de son poing, ganté de cuir, un faucon pèlerin, la tête encapuchonnée.

Aux côtés du Rude, se dressait Peyronnet, son fidèle musicien, portant en bandoulière un arc et un couire empli de flèches.

Le premier veneur, muni de son cor et de son couteau à dépecer, les braies recouvertes d'épais houseaux de cuir, les accompagnerait, monté sur son solide roussin.

À quelques pas de là, des valets retenaient les longes d'une petite meute d'épagneuls qui jappaient d'impatience en attendant le lâcher.

Sur un ordre du vicomte, la herse fut levée et les cavaliers prirent le trot sur la voie romaine menant vers la sylva Edobola, la profonde forêt de chênes et d'ormes qui bordait les terres du vicomte au nord-est.

8

Jaufré chevauchait en tête avec Galeran. Les deux destriers avaient rapidement distancé les lourds chevaux de Peyronnet et du veneur.

Quant aux épagneuls, tout au plaisir de la course, ils filaient comme des flèches.

Les deux hommes ne disaient mot, traversant des essarts nouvellement défrichés, où ondulaient des plantations de lin.

Jaufré tira soudain sur ses rênes et s'arrêta. Galeran se rangea à ses côtés, calmant son destrier qui secouait la tête avec impatience.

— Nous allons attendre les autres, chevalier. C'est ici, en plaine, que mon faucon aime à chasser. Les bois ne sont point faits pour la beauté de son vol. (Puis, lorgnant en connaisseur vers la rude monture de Galeran :) Vous avez là une belle bête. Elle a du jarret plus que mon rouan. D'où vient-elle ?

— Du monastère bénédictin d'Einsiedeln, dans le canton de Schwyz, vicomte.

— Je m'en souviendrai, mais point de vicomte ici, chevalier. Appelez-moi Jaufré, et je vous nommerai Galeran.

Le chevalier hocha la tête avec gravité :

— C'est un honneur pour moi, messire Jaufré.

— N'est-ce pas un beau pays que celui-ci ? demanda alors le vicomte en balayant d'un même geste les champs de lin, les forêts et la lointaine silhouette de son château. Pourtant, je m'en vais loin, si loin. Peut-être ne reverrai-je rien de tout cela.

Le jeune chevalier ne dit mot. Il sentait qu'il fallait laisser parler le vicomte.

— Peut-être suis-je, continua Jaufré d'un ton

rêveur, comme ces pauvres fous qui n'ont jamais vu la mer et qui jettent leurs habits pour se baigner dans les champs de lin. Ils croient que ce bleu, qui ondule comme vagues sous le vent, est celui des flots, et ils ne trouvent rien d'autre en fin de compte que le limon d'un champ.

— Vous savez mieux que moi, Jaufré, que le rêve est plus doux à nos âmes que la réalité, et que tout nous pousse à le vouloir atteindre, dit le chevalier. Et puis, après tout, peut-être la mer et le champ de lin ne font-ils qu'un ? En tout cas, c'est ce que pensent les poètes, qui sont gens plus avertis que la plupart !

Le vicomte eut un pâle sourire. Il jeta un coup d'œil vers la haute stature du chevalier. Décidément, ce compagnon lui plaisait.

Sentant qu'on l'observait, Galeran planta son regard bleu dans celui du vicomte.

— Vous êtes un mystérieux personnage, Galeran, dit Jaufré. Je n'ai jamais ouï notre reine parler avec autant d'enthousiasme d'un simple chevalier.

La cicatrice qui barrait le front de Galeran se creusa, mais il sourit :

— C'est bien de l'honneur, en effet, pour un pauvre chevalier errant.

— D'après elle, vous avez refusé moult privilèges, y compris celui de rester auprès d'elle, continua le vicomte.

— Je la sers mieux ainsi, et puis je ne suis pas homme à me mêler aux intrigues de palais et à porter autre chose qu'une épée au côté.

— Elle m'a dit également que vous étiez fort lettré, et j'ai pu m'en apercevoir tout au long de ces soirées.

Le chevalier détourna son regard. Il sentait pointer dans la voix du vicomte une jalousie qu'il n'aimait guère.

— Pardonnez-moi, chevalier, je ne voulais vous offenser avec tout ceci. Vous êtes un homme droit et je le sais, reprit Jaufré au bout d'un moment.

Le faucon s'agitait sur le poing ganté du vicomte, faisant sonner le petit grelot qu'il portait à la patte. Son maître lui ôta sa capeline et caressa délicatement le plumage gris bleu du bel oiseau :

— Voilà nos hommes. Nous allons pouvoir te lâcher, mon gentil démon !

En effet, Peyronnet et le veneur les avaient rejoints. Sur un sifflement du maître-chien, les épagneuls s'en furent comme des flèches à travers champs, aboyant à tout rompre pour déloger le gibier à plumes qui s'y cachait.

Les cavaliers repartirent au petit trot. Devant eux, se leva soudain un vol de grives, qui s'éloigna à tire-d'ailes vers la forêt.

Jaufré ôta alors l'épais capuchon qui aveuglait le faucon.

L'oiseau, ébloui, sembla fixer un instant son maître de son grand œil jaune, puis se raidit, écartant les ailes de ses flancs.

Soudain, il bascula en avant, délaissant le poing ganté, et, ouvrant les ailes, il s'envola rapidement dans la direction opposée à celle des grives.

Galeran, étonné de la manœuvre, fronça les sourcils.

Le vicomte s'en aperçut et sourit :

— Vous n'aviez jamais vu chasser un faucon pèlerin, messire Galeran ? Ses méthodes sont surprenantes mais infaillibles, et donneraient des leçons à plus d'un homme de guerre !

— Je pensais qu'il faisait comme les autours.

— Non pas, regardez bien, c'est un prince. Il n'est rien de plus rapide au monde, ni de plus beau, s'exclama le vicomte avec enthousiasme.

L'oiseau avait pris de la vitesse et de l'altitude. Il n'était déjà plus qu'une petite tache noire sur le bleu du ciel. Ils le virent décrire une grande courbe afin de se placer à l'aplomb du vol des grives.

— Il est au moins à une demi-lieue de hauteur, dit Galeran, on le distingue à peine.

— Ne le perdez pas des yeux et tendez l'oreille, chevalier.

Soudain, ce fut l'attaque.

Le faucon avait ramassé ses ailes le long de son corps et se laissait tomber comme une pierre sur les oiseaux. Le sifflement étrange de sa chute prévint les grives qui, affolées, s'égayèrent en tous sens. Mais il était trop tard.

En quelques secondes, le faucon avait saisi sa proie entre ses longues serres et revenait vers les cavaliers.

Il se posa sur une roche à quelques pas de distance et, d'un coup de bec, brisa les vertèbres de l'oiseau avant d'abandonner sa dépouille au veneur.

Puis il regagna le poing ganté de Jaufré, où il se posa dans un battement d'ailes, la tête inclinée, son œil rond fixé sur les deux hommes comme s'il quêtait leur approbation.

— Voilà un superbe exploit ! s'exclama Galeran.

Jaufré sortit un petit morceau de viande de son aumônière et le tendit à l'oiseau, qui l'avala d'un coup en renversant la tête.

— Ce bel animal est un présent de notre reine. Elle me l'a voulu donner quand j'ai écrit l'*Amor de lonh,* et j'y tiens comme à la prunelle de mes yeux… dit Jaufré à mi-voix.

9

Pour le plaisir de son hôte et le sien, le vicomte fit chasser plusieurs fois le faucon avant de le laisser décrire de larges cercles au-dessus d'eux.

Enfin, le Rude mit pied à terre et, s'accotant à un vieil orme, fit signe au chevalier de le venir rejoindre.

— En secret, ma reine m'a demandé de vous aider, Galeran. En quoi puis-je vous être utile ?

— J'ai surtout besoin de votre connaissance de ce pays, messire Jaufré. Parlez-moi un peu de cet endroit où je dois me rendre et que je ne connais point. Parlez-moi de la Porte Océane et de la Gironde.

Le vicomte hocha la tête :

— Pline disait de ces contrées où nous vivons « que l'on n'y pouvait ni naviguer comme sur la mer, ni marcher comme sur la terre » ! Il est vrai que, par ici, les marais sont nombreux, les rives bourbeuses et le fleuve dangereux. Entre les forts courants, les tourbillons et les îles de sable qui surgissent là où on ne les attend pas, naviguer sur la Gironde demande des équipages qui connaissent parfaitement les eaux et les fonds.

— Pour les gens d'ici et leurs barques creuses, je comprends bien, mais les autres? J'ai vu passer des galées anglaises, mais aussi il m'a semblé reconnaître la bannière de la puissante ligue Hanséatique. Comment font ceux-là?

— Vous êtes fin observateur, chevalier. Ils prennent tout simplement des pilotes d'ici. Des gars de Talmont, de Soulac ou de Talais… voire de Blaye, qui connaissent les caprices du fleuve.

Le chevalier remarqua :

— Je vous entends bien, messire, mais le jeu en vaut-il la chandelle ? Et d'abord, que transportent-ils?

— En provenance d'Angleterre, surtout des

ballots de laine et de l'étain. Les galées repartent de Bordeaux, chargés de muids de vins. Quant aux marchands de la Hanse, ils achètent du pastel et du vin, et en échange, ils nous apportent cuivre, pierres précieuses, fourrures ou draps fins. Et puis, il y a le sel. Depuis peu, les gens de la Hanse négocient à Bordeaux le sel de Sétubal.

— Sétubal, en Estramadure ?

— Oui.

— Mais nous leur vendions le sel de Bourgneuf ou de Guérande, à ce que je sais ?

— Ce n'est plus le cas, chevalier. En fait, il paraît que ce sont des Génois qui revendent aux Bordelais le sel de Sétubal, moins cher que nous ne pourrions acheter celui de nos propres régions. Le problème, c'est qu'un de mes amis, en Estramadure, m'a assuré que, même pour les Génois, le sel de Sétubal était au même prix que le nôtre, alors ? Enfin, en attendant, c'est les marchands bordelais qui en profitent.

— Je vois, dit le chevalier. Dites-moi, messire, y a-t-il en l'estuaire des endroits réputés plus dangereux que d'autres ?

Le vicomte ne répondit pas directement ; il demanda au chevalier :

— Savez-vous comment les gens d'ici appellent la mer ?

— Non.

— Ils la nomment la « grande jument blanche » ! Le problème, c'est que la jument est capricieuse comme pas une, et se met souvent en colère, ce qui cause de nombreux naufrages et pertes de profit.

— Un nombre qui va sans cesse en s'accroissant, rétorqua le chevalier, mais le plus inquiétant, c'est qu'on ne retrouve nulle trace des bateaux, ni de leurs équipages, ni surtout des marchandises.

— Coulés par le fond, sans doute, dit le vicomte.

— Nul ne sait, dit Galeran à mi-voix. En tout cas, de puissants marchands bordelais se sont plaints à notre reine, qui a promis d'y remédier. D'autant que Bordeaux n'aimerait point perdre ni sa clientèle anglaise ni celle de la Hanse, qui lorgnent maintenant vers le petit port de La Rochelle. Mais il y a plus inquiétant encore : voici bientôt une année, le connétable a envoyé des hommes à lui sur place, et aucun n'est revenu.

— Je ne l'ai point su, dit Jaufré en haussant les sourcils d'un air mécontent.

— Non, Saldebreuil ne s'en est guère vanté. D'autant qu'il n'avait pas même prévenu la reine de son initiative. C'est du moins ce qu'il m'a avoué quand nous nous sommes rencontrés à Saint-Jean-d'Angély.

Au bout d'un court silence, le vicomte murmura comme s'il s'agissait d'un secret :

— Pour donner à un homme seul une telle mission, il faut que notre reine ait grande confiance en votre courage et en votre savoir-faire. Ne voulez-vous point prendre avec vous quelques-uns de mes féaux ?

— Il n'en est pas question, messire, objecta le chevalier, un homme seul attire moins la méfiance qu'une troupe.

— Mais il court plus de dangers ! dit Rudel. Et puis mes hommes ne sont point ceux du connétable : ils connaissent ce pays. N'oubliez pas qu'avec le départ de la reine pour la croisade, et bientôt le mien, tout vous sera plus difficile encore.

— À Dieu ne plaise, nous verrons bien de quoi demain sera fait. Mais parlez-moi encore de la Porte Océane.

— De notre côté de la Gironde, de hautes falaises, des plages de sable et des gens plutôt sauvages qui croient que des goules habitent les cavernes dans les falaises. Vous allez au pays des goules, chevalier.

— Les goules ? Sont-elles bonnes dames, fées des houles, comme on les appelle par chez nous en royaume de Bretagne ?

— Bonnes dames, peut-être, mais pas toujours ! N'oubliez pas que l'église de Talmont est dédiée à sainte Radegonde, et sa Grande Goule à elle n'avait rien de bien attirant. Elle tenait plus du dragon que de la fée !

— Eh bien soit, j'en accepte l'augure. Du moins, ce pays a de quoi distraire un honnête homme, ce me semble !

Le vicomte allait répondre quand un cri d'angoisse retentit non loin :

— Messire vicomte ! Messire vicomte ! hurlait Peyronnet, le visage levé vers le ciel.

Poussant des cris sinistres, une dizaine de freux avaient pris en chasse le faucon pèlerin, épuisé par sa matinée de chasse.

Qu'est-ce qui avait poussé ces charognards à s'attaquer au bel oiseau ? Nul ne le sut jamais.

Figés et impuissants, les hommes regardaient le combat meurtrier qui se livrait au-dessus de leurs têtes.

Le noble oiseau avait bien essayé de s'échapper en s'élançant droit vers le ciel, mais quatre freux s'étaient placés au-dessus de lui, l'empêchant de prendre de l'altitude et l'obligeant au contraire à descendre.

Semblant pris de fureur, les autres corbeaux l'entouraient déjà, le lardant de coups de becs à chaque fois qu'ils le pouvaient.

Voyant qu'il n'y avait plus d'issue vers les nuages, le faucon se laissa glisser sur le côté. Passant avec agilité entre deux freux, il piqua vers le sol avant d'essayer de remonter comme une flèche.

Cela sentait l'hallali. Le faucon tenta bien encore une ou deux sorties, mais lentement, inexorablement, les freux l'encerclaient davantage, le dirigeant vers la forêt d'où s'envolaient d'autres freux qui venaient rejoindre les premiers en poussant leurs cris barbares.

Et le faucon perdait toujours de l'altitude.

En le voyant descendre vers la forêt, Jaufré poussa un hurlement de rage et, sautant sur son cheval, prit le galop.

Les autres partirent à sa suite.

— Peyronnet, ton arc ! cria le vicomte au musicien qui le suivait de près.

— Mais, messire, vous n'allez pas... gémit Peyronnet en tendant son arc et ses flèches à son maître qui immobilisa brutalement son rouan.

— Foi de Jaufré, ces becs galeux ne l'auront pas vivant, dit le vicomte en ajustant son tir.

Le trait vibrant partit.

Il perça de part en part le faucon qui, dans sa chute, disparut dans les frondaisons de la Sylva Edobola.

— Va le chercher, gronda Jaufré au veneur. Rapporte-le-moi avant que ces oiseaux de malheur ne déchirent sa dépouille !

10

Le retour à Blaye fut morne et silencieux. Peyronnet et le veneur étaient partis en avant avec les chiens.

Le vicomte chevauchait au côté du chevalier, le faucon ensanglanté d'Aliénor dans sa main gantée.

Il était passé d'une colère effrayante à un profond abattement, et le chevalier se gardait de prononcer la moindre parole.

Après avoir confié son destrier aux valets dans la cour du château, Jaufré se tourna brusquement vers Galeran :

— C'est là le pire présage que pouvait m'envoyer le ciel, messire Galeran. Je ne peux m'empêcher de penser que nous autres croisés sommes, comme ce noble oiseau, harcelés par des freux trop nombreux et que nous allons tous faillir à notre serment. La mort nous attend en Terre sainte !

— Fasse que la Providence vous donne tort, vicomte, dit gravement le chevalier qui, de son côté, songeait aux dangers de sa propre mission, car lui aussi, peut-être, risquait de succomber sous le nombre.

— Ne m'en veuillez si je ne vous rejoins ce soir, ajouta le Rude. Je préfère rester seul pour cette dernière nuit à Blaye. (Puis, après un long silence que Galeran se garda bien de rompre :) J'ai bien réfléchi, Galeran. Là où vous allez, je connais un homme qui pourrait peut-être vous venir en aide : le père ermite de Mortagne. C'est un personnage hors du commun, mais il a ma confiance. Demain, mon fidèle Peyronnet vous remettra un billet pour lui, ainsi qu'un plan de route. Chevalier, nous ne nous reverrons plus en ce monde, je le sais. C'est grand dommage, car nous aurions pu faire de francs compagnons. Que Dieu vous ait en sa sainte garde.

Plus ému qu'il ne le voulait laisser paraître, Galeran hocha la tête et reçut en silence l'accolade de Jaufré le Rude qui le baisa sur la bouche.

11

La prophétie du prince des poètes devait se réaliser.

Un an après son départ, le jeune frère du vicomte apprit que son aîné avait suivi son faucon dans l'au-delà et qu'il était mort de maladie à Saint-Jean-d'Acre, sans avoir revu celle qui lui avait inspiré tant de divins poèmes et fait tant désespérer de l'amour.

Quant à la fin tragique du faucon, elle était bien un sinistre présage.

La deuxième croisade devait être, pour les chevaliers francs, le plus cruel des échecs. Beaucoup y perdirent l'honneur, et d'autres la liberté et la vie…

12

L'homme avait quitté l'obscurité des cavernes de la côte et était allé s'asseoir sur une vieille borne, en bordure de la route menant à Talmont.

Il n'y avait point d'ombre, les arbres ayant servi depuis longtemps à chauffer les autochtones, mais de là, il pouvait voir le fleuve émeraude sous un ciel d'un bleu provocant.

« Pas de vent, grogna l'homme, et on est parti

pour avoir du grand beau. J'peux pas souffrir ce temps-là ! »

Machinalement, ses yeux gris suivaient le mouvement des navires qui croisaient sans se presser.

« Enfin, tant qu'ils navigueront comme ça, près de la côte, on aura toujours de quoi faire. Bande de crapaudailles : ils ont peur de perdre de vue le rivage, des fois que les vents les pousseraient au large, dans les eaux illimitées… (L'homme hocha la tête en ricanant :) Au bout du compte, est-ce que ce serait plus dangereux pour eux ? Et qu'est-ce qui peut bien y avoir là où le soleil se couche : toujours de la mer ou encore un gouffre ? Personne n'est revenu pour le dire, et personne ne le sait.

Il se redressa soudain, fixant le bout de la route où pointaient deux silhouettes que la brume de chaleur rendait évanescentes.

« Tiens, les voilà, elle et son garde-chiourme. »

C'était une toute jeune fille habillée de blanc. Son voile était retenu par un tortil tissé de petites perles et de fils d'argent, qui lui faisait sur la tête comme une couronne.

Et tandis qu'ils approchaient, l'homme songea, une fois de plus, qu'il n'avait jamais vu quelqu'un d'aussi joli qu'elle, quelqu'un qui lui plaisait autant.

Celui qui accompagnait la petite était un superbe colosse soudanais. Il avait pour tout vêtement un morceau d'étoffe bayadère, drapé autour de la taille, et à la ceinture un poignard courbe.

L'homme les salua :

— Le bonjour à vous, belle Estella, et à toi, Mahomet !

La jeune fille s'arrêta en face de l'homme.

— Il ne s'appelle pas Mahomet et vous le savez, dit-elle avec calme, puis, se tournant vers son compagnon muet : Viens ! Laissons celui-là qui n'a rien à faire !

Ils reprirent leur marche, sans plus s'occuper de l'homme qui les suivit un long moment du regard.

« Toi, ma belle, tu ne sais pas ce que je te réserve », grinça-t-il entre ses dents.

L'attente reprit, interminable. Le soleil baissait déjà à l'horizon quand la patience de l'homme fut enfin récompensée. Deux cavaliers arrivaient au petit trot sur la route poussiéreuse et furent bientôt à sa hauteur.

— Foutre, bande de pendards, ne vous pressez pas surtout ! fit l'homme avec rudesse.

— Que veux-tu dire, mon maître ? demanda un grand rouquin en mettant pied à terre.

— Rabaisse ton caquet, Dourado ! gronda l'homme.

Le rouquin hocha la tête en silence. Son compagnon, qui était descendu lui aussi de cheval, s'était approché sans plus s'émouvoir.

— Ma foi, chef, on faisait un peu reposer les bêtes, parce qu'en route, on les a pas ménagées.

— Vous avez là de beaux bidets, dit l'homme en désignant les deux chevaux. Vous les avez achetés ?

Les gaillards se mirent à rire.

— C'est bien ce que je pensais, hurla l'homme, vous les avez volés et, à cause de ces deux canassons, vous pouviez être pris, on vous aurait fait parler et toute l'organisation aurait été ruinée !

Le rouquin protesta faiblement :

— Mais voyons, maître, faut pas dire ça ! Si vous saviez la cohue là-bas, chez le Rude… Alors, deux chevaux de plus ou de moins, personne pouvait s'apercevoir.

— Je l'espère pour toi ! Maintenant, asseyez-vous là, je vous écoute. Et n'essayez pas de me berner !

Les deux hommes obéirent en silence. Enfin, le rouquin prit la parole :

— Comme je l'ai dit, c'était une foule comme on n'a jamais vu, pas vrai Matha ?

— Pour sûr, d'abord y'avait les fêtes du mai et ça attire beaucoup de monde, mais ça, c'était rien. Ils étaient sur le pied de guerre, y partaient tous pour Jérusalem, qu'ils disaient. Y faisaient comme Aliénor et son foutu avorton.

L'homme eut un sourire :

— Tu en es certain ? Même le Rude ?

— Mordié ! Si j'en suis sûr... À l'heure qu'il est, ils sont en route et déjà loin.

— Mais dites-moi, mes beaux enfants, c'est

là une nouvelle qui me réconforte. Nous en voilà débarrassés, et pour plusieurs années. Ce sera la tranquillité. Ils ne viendront plus se mêler de nos affaires comme à Mornac.

Dourado émit un gros soupir.

— C'est ce qu'on pourrait croire, si on n'était pas bien renseignés.

— Je ne comprends pas.

— Ben, voyez-vous, maître, comme je vous l'ai déjà dit, il y avait du monde chez le Rude. On entrait et on sortait comme dans un moulin. Alors moi, j'ai pris du service aux cuisines, et je me suis mis dans les bonnes grâces d'une fille qui travaillait là…

— Et alors ?

— Alors, cette fille avait déjà un coquin qui lui tournait autour, une espèce de troubadour, un propre à rien, la langue bien pendue, qui lui racontait tout ce qui se disait dans les salles hautes du château. C'est comme ça que j'ai appris qu'il y avait quelqu'un qui allait venir promener son grand nez par ici.

L'homme se mit à rire :

— Tu veux dire quelqu'un tout seul ?

— C'est ça, mon maître.

— Tout seul contre nous tous ? Et comment est-il, ce brave qui devrait nous faire trembler : c'est un géant, le diable en personne ?

— Eh bien, j'en sais rien, dit le rouquin en haussant les épaules, et la fille non plus. Ce que je sais, c'est qu'il devrait pas tarder à faire son tour chez nous. Alors, avec Matha, on n'a pas attendu notre reste, on s'est grouillés de rentrer pour vous avertir !

— On verra bien quand il arrivera, dit l'homme. Allons, parle-moi plutôt de ta belle fille.

— Ben, dit Dourado, c'était une fille grasse, mais grasse comme on n'a pas idée, pas comme nos femmes à nous qui sont maigres et faites comme des bons hommes.

— Ça, pour être grasse ! pouffa Matha.

— Tu n'y connais rien, toi. Parce que les femmes grasses, ça a la peau douce, et puis elles sont souples, tandis que les nôtres, au lit, c'est comme des bouts de bois, j'ai jamais pu m'y faire !

Déjà, l'homme ne les écoutait plus. Il avait tourné son regard vers le fleuve où le soleil avait brusquement disparu.

— Tout quitter pendant qu'il en est encore temps, songeait-il, prendre le large et aller voir là-bas, du côté du couchant sur les eaux sans limites, oser ce que personne n'a encore osé…

Deuxième partie

« *Et priez pour les pèlerins*
qui vont naviguant
par mer ou par terre, chrétienne gent :
que Dieu les reconduise
a sauveté de corps et d'âme...

Extrait de la prière des malades,
Hôpital de Rhodes.

13

Campé sur ses étriers, sa longue cape étalée sur la croupe de son destrier, Galeran, le cœur lourd, s'était éloigné du château de Blaye sans se retourner.

Après avoir examiné les tablettes de cire où figurait son itinéraire, il prit la voie romaine qui traversait la sylva Edobola, avant d'obliquer à une lieue de là, vers le bord du fleuve.

Alors qu'il laissait ses pensées vagabonder, ressassant les événements des derniers jours, il entendit derrière lui un bruit de galop.

— Par la barbe de Jupiter, Galeran, attendez-moi ! hurlait Marcabru, qui talonnait un robuste mulet.

Le chevalier fit faire demi-tour à son destrier.

— Eh bien, Marcabru, que me vaut ?

— Je pars avec vous, messire !

— Et ta belle, je te croyais encore alangui dans ses bras ?

— Bien fol qui se fie aux femmes, dit le troubadour d'un air piteux. Finalement, elle ne me veut point et, vue de près, elle ne me faisait plus si bon effet. Alors à quoi bon s'inquiéter et se tourner les sangs : une de perdue, mille de retrouvées !

— Et le vicomte ?

— Depuis cette foutue chasse, il est d'une humeur effrayante et, comme vous savez, ne veut plus voir personne. Enfin, lui au moins, c'est un seigneur, et il m'a fait tenir une autre bourse bien pansue. Mon ami, je suis un homme riche !

— Il n'a tout de même pas remis son départ ?

— Non, vous l'avez bien vu, ses chariots sont dans la cour du château et ses chevaliers prêts et bouillants d'impatience. D'ici peu, la forteresse de Blaye sera aussi vide qu'une coquille d'escargot crevé !

— Et toi, où vas-tu ?

— Là ou vous irez… Mais au fait, messire, où allez-vous ?

— Au pays des goules.

— Voilà qui est plaisant ! s'exclama Marcabru. Je n'ai jamais rencontré de ces créatures-là. Est-ce une espèce de femelles que je ne connaîtrais point encore ?

Galeran se mit à rire, puis Marcabru, qui riait si fort qu'il faillit en tomber de sa selle.

« Après tout, songea le chevalier, la joyeuse compagnie de mon ami troubadour, sur ces routes que je ne connais point, n'est pas pour me déplaire. »

— Eh bien, qu'il en soit ainsi, dit-il. Et que Dieu nous garde.

14

Le chevalier et son compagnon avaient à peine parcouru une lieue dans la sylva Edobola, quand ils aperçurent devant eux une nuée de freux qui s'envolait en croassant rageusement.

Les deux cavaliers se figèrent sur place.

— Foutre, murmura le troubadour. Ce n'est tout de même pas nous qui avons effrayé ces becs galeux ?

— Certes pas, répondit le chevalier. Écoute plutôt !

Sur le moment, il sembla à Marcabru qu'il n'entendait rien d'autre que le frémissement du vent dans les feuillages, puis il perçut un sourd grondement, mais c'était encore lointain et à peine audible.

Avec une souplesse inattendue, il sauta à bas de son mulet et, s'agenouillant, posa l'oreille sur le sol.

— On dirait des chariots, et il n'y en a pas qu'un ! dit-il en se relevant prestement.

— À couvert et vite, ordonna sans hésiter le chevalier en poussant son destrier vers les taillis.

Bien qu'ils soient encore sur les terres du vicomte, les deux hommes savaient, l'un comme l'autre, qu'en forêt, il valait mieux voir venir de loin.

Après avoir attaché leurs montures à l'abri des regards, ils revinrent silencieusement se dissimuler derrière les ronciers, à quelques pas de la voie charretière.

Galeran, prêt à toutes les surprises, avait la main sur la garde de son épée. Marcabru avait tiré de sa ceinture un coutel. Ils échangèrent un bref regard : maintenant, ils percevaient nettement le roulement des chariots qui se rapprochaient.

Enfin, une dizaine de cavaliers, armés de javelines et montés sur de lourds destriers caparaçonnés de métal, apparurent à une sorte de carrefour où se croisaient deux routes forestières.

À leur tête, chevauchait un homme de belle stature, perché sur un palefroi morel à la robe blanchie d'écume. La petite troupe encadrait deux lourds chariots bâchés, tirés par de puissants percherons.

Ils passèrent, sans les voir, devant les deux hommes embusqués, avant de disparaître dans un épais nuage de poussière.

Le silence retomba sur la forêt et les freux revinrent se percher sur les hautes branches des chênes.

Marcabru se tourna vers son compagnon en haussant les épaules :

— En voilà un chantier, dit-il. Sûrement des gens qui vont rejoindre le vicomte pour la croisade.

— Je ne crois pas, rétorqua Galeran.

Le troubadour le regarda d'un air interrogateur et le chevalier continua :

— Nulle couleur reconnaissable chez ces

hommes d'armes : pas un étendard, pas un bliaud, rien que des broignes et des casques qui leur mangent le visage. Et puis, souviens-toi… Tu m'as dit toi-même que le vicomte était sur le départ avec ses gens. Et je sais, quant à moi, qu'il n'attendait plus personne parmi ses vassaux. Ceux-là ont plutôt l'allure de mercenaires que de gens recommandables. Quant au cavalier qui chevauchait en tête…

— Eh bien, le cavalier ? Avec sa capuche, je ne lui ai point vu les traits.

— Moi non plus, mais il montait une bête de grand prix. Sais-tu, Marcabru, qu'une bête comme celle-là coûte au moins quatre-vingts quinze livres parisis !

— Par Bacchus, quatre-vingt-quinze livres ! Mais avec ça, je mange et je bois à m'en faire éclater la panse pendant trois ans, ou alors je m'offre un harem ! Qui peut bien se payer un tel animal ?

— Justement, c'est un cheval de prince et, de plus, cet homme portait un bien étrange harnois, point d'épée, mais un long coutel et une arbalète. Quant à sa broigne, elle ne ressemble point aux nôtres… On aurait dit qu'elle était composée de fins maillons de métal…

— Pour ça, je n'ai rien vu, hormis la courte cape noire qu'il avait sur les épaules !

Puis, après un bref silence, Marcabru ajouta avec une grimace :

— Peut-être ces gaillards-là viennent-ils de loin, ce qui expliquerait leur accoutrement.

Quant à leur chargement, il doit être précieux et ils craignent sans doute une mauvaise rencontre.

— Peut-être, mais armés comme ils le sont, ce serait plutôt eux la mauvaise rencontre... Enfin, nous avons bien fait de nous tenir cois, rétorqua Galeran en se dirigeant vers la route.

— Et ces chariots, alors, qu'est-ce qu'ils pouvaient bien transporter ? demanda Marcabru.

— Je ne sais, dit Galeran en s'agenouillant et en promenant la paume de sa main sur le sol, où une fine poudre blanche s'était déposée.

Le jeune homme en recueillit un peu et, après l'avoir sentie, la goûta du bout de la langue.

— Qu'est-ce que vous faites, c'est quoi ? demanda le troubadour, intrigué par ce manège.

— Voilà une marchandise bien étonnante, Marcabru. Je ne savais le pays si pauvre et si dangereux qu'il faille onze hommes armés jusqu'aux dents pour garder des sacs de farine.

Marcabru éclata d'un gros rire, puis s'exclama :

— De la farine, de la vraie farine ?

— De la vraie farine, mon ami, et comme l'œuf dans la paille, quelque chose d'autre que nous ne savons point, rétorqua le chevalier en se redressant.

Marcabru haussa les sourcils, attendant une explication qui ne vint pas. Il jeta un coup d'œil vers son compagnon, mais, visiblement, Galeran ne tenait pas à en dire davantage.

— Millediou ! Comme vous y allez ! Cinq lieues à patauger dans cette gadoue et à nourrir ces satanés moustiques ! gronda Marcabru en s'assenant quelques vigoureuses claques. C'est pas un endroit pour deux bons chrétiens, y'a pas âme qui vive par ici.

— Tu as, ma foi, raison, mais cela n'est guère étonnant, vu ce que tu m'as conté, dit le chevalier en mettant pied à terre et en prenant la bride de Quolibet.

Marcabru l'imita en grognant :

— En plus, il faut y aller à pied !

— Nous allons suivre cette sente, dit Galeran, sans prêter attention à l'humeur de son compagnon.

Devant eux, une étroite levée de terre émergeait des eaux stagnantes, et ils s'y engagèrent l'un derrière l'autre.

16

Chassée par le vent torride, la brume s'était déchirée. Un lourd silence planait, parfois troublé par la fuite de quelque animal entre les roseaux, ou par l'envol de grands échassiers.

Le dos rompu, les deux hommes cheminaient sans dire un mot au milieu du miroitement de ces marais que la Gironde inondait aux vives eaux.

Les miasmes qui montaient du sol les prenaient à la gorge, et il leur fallait maintenir fermement leurs montures sur la jetée glissante. Les bêtes renâclaient, rendues nerveuses par l'étroitesse de la digue et les nuées d'insectes qui s'accrochaient à leur robe.

Enfin, se sentant fourbu, Galeran fit signe à son compagnon de s'arrêter.

— Je vais aller voir si nous pouvons faire halte ici, dit-il en montrant un îlot de terre couronné d'un bosquet de saules aux silhouettes torses.

Se souvenant des recommandations du Rude, le chevalier coupa un jonc et s'avança avec précaution en sondant devant lui le sol spongieux. Une herbe rase poussait sur l'îlet où il prit pied. Des roches affleuraient entre les racines des saules, et des rubans de lichens gris pendaient lugubrement à leurs branches.

« Là, au moins, le sol est sec et nous serons à l'ombre », songea le chevalier qui fit signe à son compagnon de venir le rejoindre avec les montures.

— Tout va bien, on peut s'arrêter ici, dit-il en essuyant la sueur qui lui coulait dans les yeux.

Une fois arrivées à bon port et entravées, les bêtes se mirent à brouter tranquillement et à chercher de l'eau de pluie dans les trous des rochers.

Marcabru se laissa tomber sur une souche :

— Foutre ! Ma langue est sèche et mes pieds trempés, faut rétablir l'équilibre ! dit-il en débouchant sa gourde. (Il but, en la levant bien haut, puis la tendit au chevalier.) Y'en a encore loin comme ça, de ce bourbier ?

— Deux lieues, mon ami, guère plus, dit Galeran qui vint s'asseoir à ses côtés. Pour le manger, nous avons du pain et du fromage de chèvre… On se rattrapera plus tard !

— Laissez donc, messire, il n'y a pas de plus tard qui tienne ! dit Marcabru en tirant d'une sacoche une poularde rôtie, ruisselante de bonne graisse. Le cadeau d'adieu de ma beauté rudanière… Finalement, elle me préférait un marmiton aux cheveux rouges comme les flammes de son fourneau !

» Entre nous, ajouta le troubadour en brandissant un pilon, cette robuste fille ne comprenait rien à la poésie. Et dites-moi, chevalier, l'amour peut-il se passer de poésie ? Quand ils font des poèmes, nos seigneurs ne songent même plus à piller nos villes, à forcer nos femmes, à brûler nos églises… Un monde sans poésie, croyez-moi, serait un monde où il ne ferait pas bon vivre…

— Il y a beaucoup de vrai dans ce que tu dis, mon ami. Dieu nous préserve d'un tel monde, dit rêveusement le chevalier.

Au bout d'un long moment passé à broyer à belles dents la carcasse de la volaille, Marcabru demanda d'un ton de confidence :

— Sans vous offenser, chevalier, vous avez l'air bien soucieux.

— Je suis ainsi fait, dit Galeran en tournant vers lui ses yeux clairs.

— Tout de même, vous êtes encore si jeune… À votre âge, à votre âge… Ah ! mon ami, j'étais bien membré de partout et, croyez-moi, j'en ai fait profiter plus d'une coquine !

— Allons, il me semble que Cupidon ne t'a pas encore abandonné, dit le chevalier. Mais pour répondre à ta question, ce qui me tracasse, c'est que sur ce remblai où il ne devrait soi-disant passer personne, j'ai relevé des empreintes encore fraîches.

— Millediou, moi je n'ai rien vu, dit Marcabru en se redressant, les yeux aux aguets. Des empreintes de quoi ?

— En vérité, ce sont celles de deux hommes en chair et en os qui nous précèdent de peu, peut-être d'une demi-journée. Ils ont des chevaux ferrés de neuf et qui, en plus, ne sont pas chargés comme les nôtres.

— Ce qui veut dire, d'après vous ?

— Ça veut dire que nos deux gaillards sont plus pressés que nous, et cela ne me plaît guère…

Après avoir avalé une large rasade de vin, Marcabru demanda abruptement :

— J'entends bien, chevalier, alors laissons de côté les goules et autres affriolantes créatures : pouvez-vous me dire pourquoi notre bien-aimée reine en personne vous envoie dans ce pays que je qualifierai de sauvage et d'inhospitalier ?

— Parce que tu sais cela, toi ?

— J'ai de grandes oreilles, messire.

— Bon, alors ouvre-les bien, parce que je

n'en sais guère plus que toi. J'ai simplement reçu l'ordre de me rendre à cet ermitage dont je t'ai parlé, et d'y rencontrer quelqu'un en qui le Rude met toute sa confiance.

Marcabru toussa de l'air contrarié d'un homme à qui l'on cache quelque chose.

— Alors, demanda-t-il, pas le moindre mystère, pas de crime impuni ? Vous ne feriez donc plus honneur à votre réputation, messire ?

Le chevalier dévisagea un instant son interlocuteur et dit simplement :

— Il nous faut repartir si nous voulons sortir d'ici avant la nuitée.

— Pour ça, je suis d'accord, j'ai eu mon content de boue pour plusieurs années, s'exclama Marcabru en se mettant sur pied.

Sans plus échanger un mot, les deux hommes jetèrent leurs sacoches en travers des selles et, prenant leurs montures par la bride, regagnèrent la digue.

17

Le soleil baissait à l'horizon quand, harassés de fatigue, ils sortirent du marais. Devant eux, s'étendaient les premiers taillis d'une forêt de hêtres et de chênes. Bordée de hautes fougères et d'orties, une sente s'y enfonçait.

— Ce doit être la forêt de Beaulon, dit le chevalier en essayant de se remémorer les indications du vicomte. C'est un endroit pour toi, mon ami. Le Rude m'a dit qu'il y avait par là d'étranges bassins où viennent se baigner les fées et les filles des environs. On les appelle, paraît-il, les Fontaines Bleues.

Tout en parlant, Galeran scrutait le sol avec attention.

— Tiens, fit-il, nos deux compères sont passés par là, ils ont pris la sente au galop. Ne traînons pas : la nuit tombe et je n'aime pas ça.

Ils sautèrent en selle et s'engagèrent à vive allure dans le sous-bois.

Soudain, le chevalier appela son compagnon :

— Marcabru, regarde, tu vois là-bas cette lueur qui tremble entre les arbres ?

— Ma foi oui, une lanterne. Mais oui, on dirait bien la flamme d'une lanterne ! s'exclama Marcabru.

— Eh bien, allons voir, dit Galeran. Peut-être y a-t-il là de la place pour nous abriter !

Les deux cavaliers débouchèrent bientôt dans une clairière au milieu de laquelle se dressait une haute palissade, faite de troncs taillés en pointe à leur sommet. Un mince filet de fumée jaunâtre montait de derrière la clôture.

S'il n'y avait eu cette fumée et la lampe à huile accrochée au-dessus du large portail fermé, on eût dit l'endroit désert. Pourtant, à l'approche des deux hommes, des chiens se mirent à aboyer furieusement.

— Pas très accueillant, comme auberge ! remarqua le troubadour avant de crier avec force :

— Holà ! il y a quelqu'un ?

— Qui va là ? hurla de l'intérieur une voix peu amène.

Galeran posa sa main sur le bras de son compagnon, lui faisant signe de se taire, et répondit à sa place :

— Deux pèlerins qui viennent en paix et cherchent hospitalité pour la nuit, l'ami.

— Nous ne sommes ni auberge ni hospitalet, répondit la voix. Passez votre chemin.

— Le vicomte de Blaye nous a pourtant assuré que de ce côté-ci du marais, nous étions encore sur ses terres, rétorqua le chevalier.

— Que vient faire le vicomte là-dedans ?

— Il y a, l'ami, que vous refusez hospitalité à ses hôtes…

Derrière la palissade, l'homme se mit à houspiller ses chiens qui, enfin, firent silence. Puis les deux cavaliers entendirent le grincement de barres que l'on tire.

— Fallait le dire ! On vous ouvre ! On vous ouvre !

Le portail fut lentement écarté. Les deux hommes poussèrent leurs chevaux à l'intérieur de l'enceinte et le lourd vantail se referma derrière eux. La haute palissade ne protégeait, en fait, qu'une vaste cour. Une étroite masure au toit couvert de roseaux se dressait dans un coin et, un peu à l'écart, il y avait une grande étable à côté d'un puits.

Trois hommes armés avaient aussitôt entouré les cavaliers.

L'un d'eux les salua d'un signe de tête.

— Je prends vos bêtes, mes seigneurs ?

— Oui-da, l'ami, dit le chevalier en mettant pied à terre, imité par un Marcabru qui jetait autour de lui des regards méfiants.

Un peu en retrait, les deux autres soldats les observaient, tandis qu'ils enlevaient le harnois de leurs montures.

Ils étaient vêtus d'épaisses broignes et portaient, tout comme leur compagnon, une courte hache au côté.

Enfin, l'un des deux, un grand gaillard mal rasé, à la face boucanée, sembla se décider et esquissa une grimace qui se voulait amicale :

— Holà, mes seigneurs, excusez l'accueil, mais nous n'avons point souvent visite ici. Vous venez donc du château de Blaye ?

— Eh oui, fit laconiquement le chevalier en le détaillant du regard.

— Par le marais, donc ? poursuivit l'homme sans se démonter. (Puis, après un silence :) Vous avez de la chance d'en être sortis vivants.

— Tiens, et pourquoi ?

— Le lieu est dangereux, messire. Il y a des trous d'eau, les sables mouvants et la malédiction...

— La malédiction ?

— Oui, beaucoup de gens y ont disparu, et on n'a pas même retrouvé leurs restes, dit l'homme.

Il y a de la diablerie là-dedans. Même le vicomte n'y va plus guère chasser, savez-vous ?

Le chevalier hocha la tête :

— Baste, pour l'heure, mon compagnon et moi avons seulement besoin d'un bon repas et d'une couche pour la nuit. Nous vous paierons, cela va sans dire.

— Non pas, messire, les hôtes de notre vicomte sont les bienvenus, fit l'autre d'un air papelard. Le valet va s'occuper de vos montures, elles seront bien soignées. Suivez-moi à l'intérieur : il y a un bon feu, car les nuits sont encore fraîches.

— Contre qui, ou quoi, vous protégez-vous par ici ? demanda Galeran en montrant du doigt la palissade.

— Les maraudeurs, les loups… Il y a beaucoup de loups, l'hiver, et toutes sortes de hardes malfaisantes, à cause de cette engeance de marécage.

— Et pourquoi cette lanterne sur le porche, si vous craignez les maraudeurs ? Elle attire plus qu'elle ne repousse, remarqua encore le jeune homme.

Avec une brève hésitation, qui n'échappa pas au chevalier, le gaillard répondit :

— C'est un oubli, messire, nous ne l'allumons que lorsque nous attendons de la visite…

— Pourtant, dans un endroit pareil, vous ne devez guère en avoir. Vous servez de relais pour les chasses du vicomte ?

— Oui-da, messire, on a des chevaux frais,

quelques armes et de l'approvisionnement. Au-delà d'ici, le vicomte n'est plus sur ses terres.

— Je vois, dit Galeran.

— Entrez messire, entrez, fit l'homme en s'effaçant devant le chevalier et son compagnon. Toi, va chercher de la viande à la réserve, ordonna-t-il rudement au soldat qui les avait suivis.

L'unique salle de la maison était sombre. Dans l'âtre fait de grosses pierres posées à même la terre, il y avait un feu de branchages dont l'épaisse fumée s'échappait avec difficulté par un trou de la toiture.

Sur la dalle qui servait de table, fumait une marmite. Une large litière de paille éventrée et crasseuse était installée dans un recoin de la pièce. Tout cela sentait le campement mal tenu et improvisé.

Après l'avoir embrasée aux flammes du foyer, l'homme enfonça une torche dans le sol et déclara :

— Vous dormirez là ce soir, messires. Nous autres, nous irons à l'étable.

— Vous alliez manger ? demanda Marcabru en se frottant les mains avec satisfaction.

L'homme le toisa, non sans une certaine insolence, puis alla tirer deux gobelets à une outre pendue à un clou près de la porte.

— Tenez, buvez, cela vous fera du bien.

Marcabru vida son godet sans se faire prier, puis fit une grimace :

— C'est-y pas du chasse-cousins que tu nous

sers là, l'ami ? Tu veux donc qu'on s'en aille ?

— Non pas, protesta l'homme. C'est notre vin, et j'en ai point d'autre. Vous le trouvez point bon ?

— Faut s'habituer, répondit poliment Marcabru, qui ajouta : tu es d'ici ?

— Non pas, je viens de la Seudre, fit évasivement l'homme d'armes.

— C'est long, la Seudre. Alors où ça ? On est peut-être pays, l'ami ?

— Je viens de par Saujon, vous connaissez ce coin ?

— Pas vraiment, répondit Marcabru d'un ton léger. Par Jupiter, et si tu nous faisais goûter ton brouet ? Je meurs de faim et ton chasse-cousins m'a excité le gosier.

— Faites comme moi, dit l'homme en trempant un morceau de pain dur dans la marmite.

Marcabru l'imita sans façon. Seul le chevalier mangeait du bout des dents, l'air songeur.

— Par ma barbe, ça va mieux ! dit le troubadour en rotant bruyamment. Ton brouet est meilleur que ta tisane, l'ami ! Ça réchauffe « frère le corps » , pas vrai, chevalier ?

L'un des soldats entra sans bruit et posa sur la table un morceau de viande séchée enveloppé dans un torchon sale. Puis il alla s'asseoir près de l'âtre et se mit à dévorer son repas.

Celui qui décidément semblait être le chef demanda :

— Vous seriez donc des pèlerins, et non des hommes du vicomte ?

— Mon compagnon et moi, expliqua le chevalier, faisons route pour rendre hommage à saint Eutrope en la bonne ville de Saintes, et nous passerons par Talmont. Et puis, je n'ai point dit que nous étions des hommes du vicomte, mais ses hôtes en son château de Blaye.

— Mais vous-même portez l'épée et non le bâton, et votre ami est troubadour à ce que je vois. Par ici, d'habitude, les pèlerins y descendent vers Saint-Jacques et non l'inverse. Et puis, y traversent point les marécages, y prennent la voie charretière comme tout le monde, observa l'homme.

— C'est que nous n'allons point vers Compostelle, répondit Galeran sans se troubler. Et peut-être n'y a-t-il point une seule espèce de pèlerin. Dis-moi plutôt, nous sommes encore loin de l'Étier de Beaulon ?

— Non pas, messire, la rivière est toute proche. À quelques coudées d'ici, on l'entend à travers les taillis. Si vous allez vers Talmont en partant d'ici, je vous montrerai une sente qui y mène tout droit.

— Tu connais l'ermitage ?

— Quel ermitage ? demanda l'homme.

— Le vicomte m'a dit qu'il y a par ici un ermitage, tenu par de saints hommes.

— Je le connais point. J'vous l'ai dit, j'suis point tout à fait d'ici…

— C'est sans importance, dit le chevalier en s'étirant. Nous devrons partir tôt demain matin. Nous allons jeter un œil à nos bêtes, et nous coucher ensuite.

— Pour sûr, pour sûr, messire, dit l'homme en faisant un bref signe à son compagnon. On va vous laisser reposer.

Pourtant, les deux hommes les accompagnèrent à la grange qui se trouvait derrière la maison.

Là, ils constatèrent que le destrier et le mulet avaient été étrillés et bien nourris. Ils aperçurent également trois chevaux au fond de l'écurie, derrière des ballots de paille fraîche. Un peu rassurés, ils souhaitèrent la bonne nuit à leurs hôtes et regagnèrent la maison. Galeran ferma soigneusement la porte, mit la barre et roula jusque-là un rondin.

— Ces compères ne vous conviennent pas plus qu'à moi, on dirait ? remarqua Marcabru à mi-voix.

— Tu l'as dit, nous ne dormirons que d'un œil cette nuit, et il faudra monter la garde à tour de rôle. Jaufré m'avait parlé de cet endroit, mais il ne m'avait point dit qu'il y entretenait une garnison, d'autant qu'il ne chasse plus par ici. Je me demande ce que ces drôles trafiquent, dit encore le chevalier en s'allongeant tout habillé sur la paillasse, son épée et son poignard à ses côtés.

— Ce bonhomme a dit venir de Saujon. C'est à côté d'un patelin qui a mauvaise réputation, observa Marcabru en s'asseyant au côté du chevalier.

— Quel patelin ?

— Mornac. Ces marauds m'ont tout l'air de venir de là-bas.

— Explique-toi, Marcabru, et d'abord, où se trouve ce Mornac ?

— En face d'une île que l'on nomme Oléron, dans l'embouchure de la Seudre. Je n'y suis jamais allé, mais j'ai connu un gars qui m'en a dit de drôles, un ancien marin qui n'a dû son salut qu'à la Providence. Beaucoup de pèlerins, de voyageurs et de marins ont trouvé malemort dans cet estuaire. Pour tout dire, l'endroit était, il y a peu, un franc repaire de naufrageurs.

— Tiens donc, il n'y a pas que nous, les Bretons, à faire ce métier, sourit le chevalier. Et maintenant, qu'en est-il de ces truands ?

— Notre reine y a fait mettre bon ordre, il y a quelques années. Mais beaucoup d'entre eux ont échappé au châtiment, et on ne sait trop ce qu'ils sont devenus.

— Un homme averti… dit Galeran en s'enroulant dans son mantel. Réveille-moi quand le sommeil te prendra.

Le troubadour acquiesça d'un bref signe de tête et demanda encore :

— Et nos bêtes, ne craignez-vous pas qu'ils les dérobent pendant la nuit ?

— Pour les bêtes, on ira y voir de temps en temps. Mais je ne pense pas que ces gaillards tenteront un mauvais coup, dit le chevalier. Je crois qu'il est plus simple pour eux de nous laisser passer notre chemin sans nous chercher noise. Et puis n'oublie pas que nous sommes encore sur les terres du Rude.

— Peut-être oui, peut-être non, tout cela ne me plaît guère, grogna Marcabru. Pour sûr, je veillerai toute la nuit plutôt que de me faire égorger pendant mon sommeil.

Galeran ne répondit pas. Il s'était tourné vers le mur et paraissait dormir.

18

« Rien à signaler », avait dit le troubadour en prenant la place du chevalier sur la paillasse.

— Tu as été à la grange ?

— J'ai entrouvert la porte : tout le monde ronfle, là-dedans.

— Les chiens n'ont rien dit ?

— Rien, et j'ai même trouvé ça curieux.

— Bon, va donc te reposer, mon ami…

Les tours de garde n'étaient pas pour déplaire à Galeran. En forêt, il aimait surtout écouter les concerts nocturnes donnés par les loups, les feulements des lynx, les appels lugubres des effraies, les coassements des amphibiens…

Après avoir disposé soigneusement ses armes, le chevalier resta immobile un instant, les yeux perdus dans le vague, songeant à son pays de Léon.

Trois longues années s'étaient écoulées depuis son dernier voyage à Lesneven[1], et il se promit qu'il en reverrait les rivages battus par les vents avant que ne sonnent les cloches de la saint Martin.

Heureux de cette décision, il jeta une brassée de petit bois pour ranimer le feu qui se mourait. Les flammes éclairèrent un instant la salle, projetant l'ombre du chevalier sur les murs rongés par le salpêtre. Au loin, retentirent les braillements du mulet de Marcabru.

C'est à ce moment qu'il identifia, au milieu de la bruyante activité de la foule animale, le grincement lointain d'un huis, suivi de timides abois.

Il tendit l'oreille, mais le bruit ne se reproduisit pas.

Le chevalier alla soulever doucement la barre et entrouvrit la porte. Après avoir assuré dans sa main la garde de son épée, il se glissa dehors. La lune éclairait la cour déserte et l'on y voyait presque comme en plein jour.

— Morgué, c'était donc ça ! grogna le jeune homme en constatant que le portail de l'enceinte était grand ouvert et battait dans le vent.

C'est alors qu'éclata à nouveau, derrière lui, une série de braillements inhumains. Le chevalier jura entre ses dents et partit en courant vers la grange.

Là aussi, la porte était ouverte. Et à l'inté-

1 Voir *Noir roman.*

rieur, il n'y avait plus que Quolibet, passablement énervé, et le mulet de Marcabru, qui, tenant plus de l'âne que du cheval, continuait à brailler en jouant des sabots comme un enragé.

Galeran, soulagé, ne put s'empêcher de rire :

— Foutre, en voilà un chien de garde, tu ne t'es pas laissé faire. Nos drôles se sont envolés, on dirait !

Le chevalier allait ressortir quand il entendit un bruit de pas à l'extérieur. Il se dissimula derrière le vantail et attendit.

Une silhouette vacillante s'avançait. D'un bond, le jeune homme saisit l'adversaire par le col, lui posant le tranchant de son épée sur la gorge.

— Tu es un homme mort ! hurla-t-il.

En réponse, un mugissement de colère s'éleva, et le chevalier évita de justesse le redoutable coup de coude que Marcabru lui décochait.

— Par Jupiter, Galeran, tu aurais pu me tuer ! Je me suis réveillé en sursaut et tu n'étais plus là…

— Pardon, mon ami, dit le chevalier, mais tout a été trop vite ! Nos oiseaux sont partis sans demander leur reste.

— Ces gredins n'ont pas pris nos bêtes, c'est déjà ça, fit Marcabru en flattant son mulet qui s'était calmé en reconnaissant son maître.

— L'envie ne leur en manquait sûrement pas, mais ton sacré animal s'est mis en rogne et ils ont préféré filer sans demander leur reste !

— C’est une fameuse bête, digne de son illustre maître, et il connaît son monde, dit modestement le troubadour.

— Mieux que moi, en tout cas, fit le chevalier. Ces Jean-Foutre m’ont bel et bien roulé !

— Que le diable les emporte ! Ce n’était point là gais compères, et je ne les regretterai pas. Et puis leur vinasse n’était pas une boisson de chrétiens ! À votre avis, qui étaient-ils ? ajouta Marcabru.

— Pas des hommes du Rude, en tout cas, dit Galeran.

— Par ma barbe, je n’aime point ça, messire.

— Je vais fermer le portail, et toi, si tu veux, retourne dormir, je te réveillerai au lever du soleil, dit le chevalier. À moins que ce ne soit les cafards et les puces, y’en a plein la paillasse, et agressifs avec ça !

— Baste, j’ai le cuir épais. Et vous, chevalier, vous n’allez pas vous reposer ?

— Moi, je vais fouiner un peu dans ce fortin que nous a si prestement abandonné l’ennemi.

Si Galeran trouva quelque indice dans la paille de la grange ou dans la maison, il n’en parla pas à son compagnon et, dès l’aube, le lendemain, les deux hommes étaient en selle, prêts au départ.

Alors qu’ils allaient refermer le portail derrière eux, le troubadour sauta à bas de sa monture et retourna en courant vers le logis :

— Attendez, chevalier, j’ai oublié quelque chose.

— Je croyais que c'était pire que du vinaigre ? dit le chevalier en voyant l'outre de vin que Marcabru rapportait, serrée contre lui.

— Ça oui, mais on ne sait jamais, c'est toujours mieux que de l'eau ! rétorqua Marcabru avec gravité.

19

Ils avaient atteint les falaises et la forêt avait disparu, laissant place à une lande déserte.

De là où ils se tenaient, les deux hommes pouvaient voir les eaux agitées du grand fleuve et les nombreuses nefs qui se dirigeaient vers Bordeaux, tandis que de petites embarcations reliaient la Saintonge aux grèves du Médoc.

— Nous ne sommes plus très loin, maintenant, remarqua le chevalier. Nous ne devrions pas tarder à voir une tour.

— Vos ermites logent là-dedans ?

— Non pas, je pense qu'ils ont aussi un hospitalet. Le vicomte ne m'a point donné de détails ; il m'a juste dit que le père ermite avait fait ériger cette tour pour servir d'amer aux bateaux. Les moines y entretiennent un feu, les nuits de grande tempête, et le jour, les marins s'en servent comme repère. Allons-y, mon ami, dit le chevalier en talonnant légèrement son destrier.

Les deux cavaliers aperçurent bientôt un monument qui, de loin, ressemblait à la souche noircie d'un chêne foudroyé.

— Par ma barbe, cela ne doit point être votre ermitage, grommela Marcabru. Il n'y a rien alentour, pas même une masure de berger. Vous devez vous tromper, chevalier.

Galeran ne répondit pas : la tour était bien telle que l'avait décrite Jaufré le Rude, dressée comme une sentinelle face au large, mais de toute évidence, il n'y avait point là d'enceinte monastique.

— Regardez, il y a des hommes là-bas, s'exclama le troubadour en désignant des silhouettes qui se dirigeaient vers l'édifice.

— Avançons encore, dit Galeran. Peut-être y a-t-il quelque repli de terrain qui nous cache l'hospitalet.

Brusquement, les silhouettes disparurent, comme happées par le vent qui soufflait de plus en plus fort.

En arrivant au pied du bâtiment, ils durent se rendre à l'évidence : il n'y avait plus personne et aucun vallon ou repli de terrain ne cachaient un ermitage.

La tour n'était guère haute, mais ainsi accrochée au bord de la falaise, on la devait voir de loin. Des taillis de ronces l'entouraient comme une muraille protectrice.

— C'est par là qu'ils ont dû entrer, dit Marcabru en montrant une petite porte voûtée, soigneusement close.

— Cela m'étonnerait, dit Galeran qui avait mis pied à terre. Regarde, le lierre qui recouvre les marches n'est pas même froissé.

— Et les toiles d'araignées dans l'embrasure sont intactes, reprit Marcabru. Tout de même, nous n'avons pas eu la berlue ! Ils sont bien passés quelque part.

Le chevalier haussa les épaules et s'enfonça sans mot dire dans les taillis, tandis que le troubadour entravait leurs montures. Bientôt, un appel étouffé parvint à ce dernier :

— Marcabru, viens par ici, je crois que j'ai trouvé l'entrée de notre ermitage.

Le grand gaillard s'empressa de rejoindre Galeran.

Devant eux, en contrebas, il y avait une trouée noire, à demi cachée par les ronciers. Des marches taillées dans la roche disparaissaient dans ce fouillis de végétation.

— Hé quoi ? Vous trouvez que ça ressemble à un ermitage ? Et il nous faut descendre dans ce trou ?

— Il faut que ce soit là, dit le chevalier en s'engageant dans l'escalier. Le Rude m'en a si peu dit sur cet endroit que je pense qu'il me voulait surprendre.

20

Après une volée de marches à ciel ouvert, l'escalier s'enfonçait tout droit dans le sol rocheux. Le ciel disparut aux yeux des deux hommes. Maintenant, ils étaient vraiment sous terre et Galeran posa sa paume sur la paroi.

« C'est étonnamment sec », songea-t-il tout en continuant à compter les marches taillées dans la pierre.

À un tournant, une torche allumée était fichée dans la paroi. La flamme en était bien droite et scintillait doucement, éclairant une niche creusée le long de l'escalier.

C'était un ossuaire empli d'un enchevêtrement de crânes et d'ossements humains.

— Millediou, chevalier, murmura Marcabru en avalant sa salive, je n'aime guère cet endroit. Qu'est-ce qui nous dit que nous sommes bien dans votre ermitage et que les olibrius de cette nuit ne nous attendent pas en bas ? Et ce bruit, vous entendez ça, qu'est-ce que c'est ?

Le boyau où ils se tenaient résonnait d'un battement sourd, qui allait en s'amplifiant à mesure qu'ils s'enfonçaient dans les profondeurs de la falaise.

Autour d'eux, les parois rocheuses vibraient comme la membrane d'un tambour géant.

Le chevalier, qui s'était penché au-dessus de l'ossuaire, se redressa :

— Ce sont certainement les coups de boutoir

du fleuve contre la falaise. Nous devons approcher du niveau de l'eau.

— Le fleuve, le fleuve ! Tout ceci me donne plutôt l'impression de descendre aux Enfers ! grommela le troubadour. Par Charon, chevalier, nous n'avons point le rameau d'or pour y entrer sans périr.

Galeran avait repris sa descente et continuait à compter les marches, remarquant au passage un système d'écoulement et de récupération des eaux de pluie et, sur sa droite, une ouverture pratiquée dans la roche, comme un puits d'aération.

La longue volée de marches – le chevalier en avait dénombré soixante-seize – aboutissait à une épaisse porte de chêne, noircie par les ans. En son milieu, un guichet grillagé permettait de voir venir les arrivants. Après avoir vérifié que le vantail était bien fermé, le chevalier frappa avec force sur le battant de bois.

L'attente ne fut pas longue, et la porte s'ouvrit sans bruit devant eux.

21

Alors qu'ils s'attendaient à la pénombre d'une caverne, ils clignèrent des yeux dans l'éblouissement du soleil.

De la large plate-forme sur laquelle ils

s'étaient avancés, ils apercevaient les confins blonds du Médoc, tandis qu'à leurs pieds, se brisaient les vagues limoneuses du grand fleuve.

Le jeune moine qui leur avait ouvert semblait s'amuser de leur étonnement.

— Entrez, mes frères, je vous prie, dit-il en refermant la porte. Que Dieu soit avec vous, je suis frère Guillaume, le frère hôtelier. Notre père nous rejoindra dans un instant.

— Que Dieu vous garde, frère Guillaume, répondit le chevalier en se tournant vers le moine. Mon nom est Galeran de Lesneven, et voici mon compagnon, le sieur Marcabru, troubadour de son état.

Le moine inclina la tête d'un air entendu et répondit d'une voix douce :

— J'ai préparé moi-même vos paillasses ce matin. Notre père m'avait donné des instructions en ce sens.

— Vous voulez dire que vous nous attendiez ? demanda le chevalier stupéfait.

— Moi non, messire, mais notre père, qui sait bien des choses sur ce monde et sur l'autre, le savait, lui.

Puis, sans leur laisser le temps de répliquer, le frère les entraîna près de la rambarde qui surplombait le fleuve. Le haut mât d'un bateau dépassait du muret de pierres taillées, et Galeran se pencha au-dessus du vide.

Une échelle de corde descendait vers un ponton flottant où était amarrée une embarcation effilée.

Sur le pont, un robuste moine, les bords de son froc attachés à sa taille, s'affairait. Saisissant sa godille, il fit signe à un jeune novice qui maintenait les amarres de sauter à bord.

En quelques habiles et vigoureux coups de rame, le religieux éloigna l'embarcation du ponton, avant de longer la falaise et de disparaître vers le nord.

Le frère hôtelier, dans un large geste du bras, engloba le fleuve, le ciel et la falaise.

— Il est bien peu d'endroits comme celui-là. Ne dirait-on pas l'étrave d'un grand navire ?

Le chevalier acquiesça :

— Vous avez trouvé là, mon frère, un désert bien différent de celui que cherchent d'ordinaire les hommes de Dieu.

— Vous dites vrai, messire, et puisse la Sainte Providence m'y maintenir.

— Cette embarcation est celle de l'ermitage ?

— Oui, elle sert au ravitaillement et aux traversées ; ainsi que celle-ci, dit le moine en montrant une petite barque, retenue à l'extrémité de la terrasse par une système de cordages.

— Dieu soit loué, messire, vous êtes arrivés sans encombre, dit une voix sifflante qui fit se retourner brusquement le chevalier et son compagnon. Vous étiez pourtant cette nuit en grand danger, mes fils !

En face d'eux, se tenait un religieux à la silhouette décharnée. Malgré la courtoisie de ses propos, aucun sourire n'éclairait sa face ravinée.

— Mon père, dit Galeran en mettant un genou en terre devant le vieux religieux, vous savez tout et on ne saurait donc rien vous cacher ? Laissez-moi me nommer, pourtant : je suis l'envoyé du vicomte Jaufré le Rude, Galeran de Lesneven, et voici mon compagnon, le troubadour Marcabru. Je viens...

— Je sais, je sais tout cela, murmura le vieil homme en l'interrompant avec impatience. Relevez-vous, mon fils, et venez plus près.

Le père Adémar saisit les mains de Galeran et les garda un instant serrées dans les siennes, tout en plongeant ses yeux sombres dans ceux du chevalier.

La force nerveuse de ces doigts maigres et ce visage à l'expression aussi figée que celle d'un masque troublèrent malgré lui le jeune homme.

Enfin, l'ermite le libéra.

— C'est bien ainsi, dit-il comme s'il se parlait à lui-même. Je vous enverrai chercher après l'office de sexte, messire Galeran. D'ici là, frère Guillaume prendra soin de vous et de votre ami.

Le vieil homme esquissa une bénédiction et se détourna, comme si, pour lui, ils n'existaient plus.

Il s'éloigna d'une démarche lente et un peu incertaine, gravit quelques marches, ouvrit une porte et disparut à leurs yeux.

Marcabru, qui avait suivi l'entretien en silence, fronça les sourcils et s'apprêtait à parler, mais il se tut, en voyant l'expression sévère du chevalier.

— Messire, si vous voulez bien me suivre, je vais vous montrer vos couches, dit frère Guillaume.

— Je vous remercie, mon frère, fit le chevalier, mais nous devons tout d'abord nous occuper de nos montures que nous avons laissées à l'attache près de la tour.

— Je me suis permis de le faire à votre place, messire. Pendant que vous parliez avec notre saint père, j'ai envoyé un de nos frères les conduire à une étable de Mortagne. L'endroit est sûr, et les paysans en prendront grand soin.

— À propos de sûreté, comme nous repartons demain, y a-t-il par ici des routes qu'il vaut mieux éviter ?

Le frère Guillaume sembla troublé et répondit évasivement :

— Non pas. Pour des hommes résolus et armés comme vous l'êtes, il n'y a point grand-chose à craindre, mais disons que le pays est rude, messire, très rude et très pauvre, vous saisissez ?

Sentant que le moine n'en dirait pas plus, le chevalier désigna trois épais volets de bois dans la paroi au-dessus d'eux.

— Pardonnez encore ma curiosité, mais qu'est-ce donc que ces fenêtres, mon frère ?

— Ce sont les cellules des cloîtrés. Mais venez, je vais vous montrer les endroits réservés à nos hôtes de passage.

— Vous êtes nombreux, ici ? demanda Marcabru.

— Non point, l'ermitage n'est pas grand. Il y a trois reclus et, hormis notre père, nous sommes cinq. Celui qui s'occupe des bateaux et que vous avez vu partir est le frère Aelred, un rude marin. Le petit qui l'accompagnait est un novice du nom de Frodon. Sinon, il y a frère Rigaut, frère Robert et moi-même, qui sommes chargés des approvisionnements et des travaux d'entretien, ainsi que du service aux pèlerins.

Marcabru demanda encore, d'un air finaud :

— Justement, en arrivant, nous avons aperçu des hommes sur la falaise…

— Ce sont des pèlerins de Compostelle, ils sont au dortoir, dit l'hôtelier en se dirigeant vers une petite porte sur la gauche du grand escalier. Venez, je vais vous montrer votre couche, ajouta-t-il en poussant le vantail.

Ils entrèrent dans une large salle et il leur fallut un certain temps pour que leurs yeux s'habituent à nouveau à la pénombre.

L'atmosphère de la pièce était enfumée, et une forte odeur de poisson montait d'une grosse marmite.

Près des longues tables dressées pour le repas, un brasero diffusait un peu de chaleur. Une torche, fichée dans le mur, éclairait une étroite niche abritant une statue de bois noir représentant la Vierge.

— C'est ici notre réfectoire, et voici votre couche, messire chevalier, dit le moine en montrant une alcôve creusée à même la roche.

Une épaisse paillasse était posée par terre, avec dessus une couverture pliée.

— Grand merci, mon frère, dit le jeune homme en ôtant son épée et son coutel et en les posant sur la litière avec sa cape de voyage.

— La cellule de notre révérend père est toute proche, dit le moine en montrant une porte close en face d'eux. Il a tenu à ce que vous soyez près de lui.

— Bien. Et mon compagnon, où loge-t-il ?

— Venez voir et baissez la tête, ce n'est point haut de plafond ici, dit frère Guillaume en disparaissant dans un étroit boyau, bientôt suivi par Marcabru et le chevalier.

Ils se retrouvèrent dans une salle plus vaste. C'était le dortoir de l'hôtellerie, ainsi que le nomma avec fierté le moine. Par la porte ouverte, entrait la clarté du jour. Apparemment, toutes ces pièces, creusées en enfilade dans la falaise, donnaient sur la plate-forme.

Deux hommes assis sur des paillasses discutaient avec vivacité. Ils se turent brusquement à l'entrée des nouveaux arrivants.

— Le bon jour à vous, messires, dit le plus vieux en se levant. Voici maître Bertrand, et quant à moi, je suis maître Philippe.

— Salut à vous, mon nom est Galeran de Lesneven.

— Marcabru, dit brièvement le troubadour en leur jetant un coup d'œil méfiant.

— Où allez-vous ? À saint Jacques, comme nous ?

— Non pas, dit le chevalier, nous nous rendons à Talmont, auprès de sainte Foy, puis à saint Jean-d'Angély.

— Dommage, nous aurions eu plaisir à avoir de solides compagnons comme vous, déclara aimablement celui qui se nommait Bertrand.

— Oui, d'autant que les dangers ne manqueront pas. Nous avons demandé au père Adémar de nous faire mener demain à Saint-Christoly par le fleuve, renchérit Philippe. De là, ensuite, nous rejoindrons le chemin de Bordeaux.

— Saint-Christoly. C'est sur l'autre rive de la Gironde, n'est-ce pas ? demanda le chevalier.

— Oui-da, les moines d'ici proposent la traversée avec un bon bateau, moyennant quelques pièces.

— C'est grâce au frère Aelred que nous pouvons offrir ce service aux pèlerins, dit frère Guillaume. Comme je vous l'ai dit, c'est un excellent marin et un vrai charpentier de marine. Il a construit de ses propres mains le bateau que vous avez vu… Voyez, messire troubadour, votre litière est dans l'angle, près de l'escalier.

— Il descend où, cet escalier ? demanda Marcabru en se penchant avec curiosité vers les marches qui s'enfonçaient dans le sol de la salle.

— Au cellier, mais ne vous avisez d'y aller. C'est fermé, et seul le père et moi-même en avons la clé ! dit vivement l'hôtelier.

— Même affamé ou mourant de soif, je n'irai pour rien au monde me servir dans vos réserves ! protesta Marcabru.

Le chevalier dévisageait le moine, intrigué par sa brutale mise en garde.

— Cependant, ajouta le troubadour, un éclair malicieux dans les yeux, si vous me proposiez quelque chose à manger, je ne refuserais, car nous ne devons être guère loin de l'heure de sexte, et mon ventre crie famine.

— Oui, cela sera fait, mais je dois vous quitter pour l'office. Nous nous retrouverons après au réfectoire, et vous pourrez ainsi vous rassasier, répondit le moine en les saluant.

— Pouvons-nous suivre l'office, mon frère ? demanda le chevalier.

— Notre père a pensé que vous pourriez suivre celui de complies, ce soir.

— Nous ferons donc selon son désir, répondit courtoisement le jeune homme.

22

Le repas était composé d'une chaudrée de poissons et de pain trempé. Quand il fut terminé, un moine vint chercher le chevalier pour le conduire auprès du saint ermite.

Le vieil homme l'attendait sur le ponton flottant, et Aelred, qui était revenu avec son bateau, se préparait à repartir. Le novice tenait les amarres, mais ne monta pas avec eux.

— Venez, chevalier, dit le vieil homme en enjambant le plat-bord, aidé par Aelred.

Galeran, bien que surpris, obtempéra et sauta à bord, attrapant les amarres que lui jetait le jeune novice.

Quelques minutes plus tard, ils hissaient la voile et cinglaient vers le milieu du fleuve.

Le père fit signe au chevalier de venir s'asseoir près de lui, à la proue du navire.

— C'est d'ici qu'il faut voir ce pays, chevalier, et non de la terre.

Galeran acquiesça, tout en regardant les falaises blanches qui s'éloignaient. Aelred avait mis le cap au nord. Ils longeaient la côte, remontant maintenant vers la Porte Océane.

— Vous avez besoin de moi, dit brusquement le vieil homme, et Galeran comprit que ce n'était point là une question.

Le visage ridé se plissa douloureusement, mais l'ermite continua en portant la main à sa poitrine :

— Je sais quel homme vous êtes, Galeran de Lesneven, mais la joute va être rude. Depuis quelque temps, il court par ici d'étranges rumeurs. Les paysans disent que les goules sont revenues pour se nourrir du sang des hommes. Ils parlent de sorcières, retournent leurs chaudrons avant de s'aller coucher et disent qu'on leur vole leurs enfants et qu'on les remplace par des changelins. La vérité derrière tout cela, c'est qu'ils ont peur, sans même savoir bien de quoi…

Une quinte de toux déchira la poitrine du

vieil homme et Galeran comprit soudain que son masque durci cachait une souffrance profonde.

— Vous l'avez deviné, messire Galeran. Le temps m'est compté. Mais je ne veux partir avant que ce pays ne retrouve la paix. C'est pourquoi je vous attendais.

— Mais…

— Ne dites rien, mon fils, laissez-moi parler. Tous ici, paysans, seigneurs, et jusqu'à notre reine, savent qu'un droit de bris, d'aubaine et d'épave a toujours existé sur les côtes, et point seulement ici en Aquitaine. Quand un bateau fait naufrage, des hommes sont là pour en récupérer les dépouilles, c'est ainsi. Seulement ce droit n'autorise personne à provoquer ces terribles désastres. C'est pourtant, j'en suis sûr, ce qui se passe désormais.

— Il en est donc ainsi, dit le chevalier. Et savez-vous qui est derrière ça, mon père ?

Le vieil homme hocha la tête, esquivant ainsi toute réponse :

— Surtout, ne jugez point trop sévèrement les gens d'ici, messire. Le pays est déshérité et n'a d'autres richesses que celles de la mer. Comme par chez vous, en pays de Bretagne, il y a toujours eu, en ces contrées, deux peuples : les paysans et les pêcheurs. La seule chose qui les unit encore, c'est ce que nous autres, hommes de Dieu, leur montrons du Tout-Puissant, de sa vérité et du châtiment éternel qui les guette s'ils persistent dans leurs crimes.

Le père s'interrompit un court instant pour reprendre haleine.

— Quand viennent les Rogations, c'est la trêve. Ils se retrouvent tous à la procession de Talmont, paysans, seigneurs et pêcheurs, grand et petit peuple. Cette fête commence lundi et durera trois jours. Il vous faudra y aller pour comprendre les gens d'ici, messire Galeran. Suivez la procession du dragon et regardez. La Grande Goule est peut-être l'une des réponses aux questions que vous vous posez.

Puis, montrant au chevalier une presqu'île rocheuse qui jaillissait du fleuve devant eux :

— C'est Talmont, messire. Voyez, là-devant, ce solide édifice est la belle église voûtée, dédiée à sainte Radegonde par les bénédictins de saint Jean-d'Angély. À côté, vous apercevez le châtelet où vivent une vingtaine d'hommes d'armes appartenant au seigneur Ramnulphe de Talmont. Ils sont commandés par un sergent. Il y a aussi un viguier, pour les affaires de basse justice.

L'embarcation dépassait maintenant la presqu'île de Talmont et longeait des plages de sable jaune et de hautes falaises blanches, percées d'une grande quantité de grottes.

Le petit navire restait à bonne distance de la côte et Aelred lui faisait souvent prendre un ris pour éviter des obstacles que le chevalier ne voyait pas.

— Le fleuve est très dangereux, expliqua l'ermite. Il y a partout des hauts fonds, des bancs de limons et des tourbillons. Aelred est l'un des rares marins à pouvoir se passer d'aide, à condition de rester au large de la côte. Sinon, il utilise Frodon qui, malgré son jeune âge, est déjà un habile sondeur.

— Je comprends, dit Galeran en scrutant les eaux troubles du fleuve.

— Jusqu'à l'embouchure, il n'y a rien d'autre que des masures de pêcheurs, des ruines romaines comme le Fâ, dont l'on aperçoit la tour d'ici. Regardez, elle est si haute qu'elle sert d'amer aux galées. Elle est, depuis quelques années, la demeure d'un homme de haut savoir et de sa fille. Quant aux laboureurs, ils habitent plus en retrait, dans des bourgs comme Cozes ou Arces.

Sur un signe du vieil ermite, Aelred changea de cap et fit demi-tour. La voile faseya un peu avant de se gonfler à nouveau.

— Il faut que vous sachiez également qu'il y a ici des rivalités liées au passage des pèlerins de saint Jacques de Compostelle. Les marins de Talais et de Soulac en Médoc n'hésitent pas à venir de ce côté de la Gironde pour proposer leurs services, et c'est haine et rancune avec ceux d'ici. On a vu des équipages de Suzac et du Talais s'entre-tuer sous les yeux des pèlerins qu'ils voulaient embarquer. Dans ces terres pauvres, la traversée représente des deniers que, même nous, religieux, ne négligeons pas.

— Je vois. Une question encore, mon père, si vous le voulez bien. À l'entrée de la Porte

Océane, les jours de tempête, y a-t-il des feux pour guider les navires ?

— Oui, un surtout, sur un banc rocheux relié à la pointe du Grave, un bâtiment un peu comme le nôtre. On l'appelle la tourelle de Cordoue, en souvenir des Sarrasins qui y avaient, jadis, installé un feu. Aujourd'hui, c'est un vieil ermite qui entretient la flamme. En échange, les gens de là-bas lui apportent de quoi manger, et aussi du bois à brûler.

— Y a-t-il par ici des convois de marchandises qui passent par voie de terre ? demanda encore le chevalier.

— Pas que je sache, dit l'ermite. Les seules voies charretières vraiment utilisables sont assez loin à l'intérieur. Mais je suis mieux informé de ce qui se passe sur le fleuve. À ce sujet, j'ai d'ailleurs autre chose à vous montrer quand nous serons de retour à l'ermitage.

Le vieil homme se tut à nouveau et ferma les yeux. Il fit signe au chevalier de s'éloigner et Galeran obéit, allant rejoindre Aelred à l'arrière de l'embarcation.

Absorbé par le pilotage du navire, le solide moine ne disait mot, et la traversée s'acheva sans qu'aucune parole ne fût échangée entre eux.

23

Avant la messe de complies, et profitant de ce que ses hôtes se tenaient sur la plate-forme face au fleuve, le frère hôtelier vint chercher Galeran.

Il était suivi du père Adémar, et d'Aelred qui tenait à la main une torche allumée. Tous quatre descendirent les marches qui conduisaient au cellier.

Le moine ouvrit la porte et la referma soigneusement derrière eux.

Un gémissement s'éleva dans le pénombre. Aelred leva sa torche. Un homme, entièrement nu, était assis par terre, attaché à la paroi.

— Qu'est-ce que…

— Je l'ai trouvé accroché à une épave qui dérivait sur le fleuve, dit Aelred avec émotion. Ne me méjugez pas de l'avoir ainsi enchaîné et dévêtu. Le malheureux n'a plus son bon sens. J'ai passé maintes nuits près de lui avant de me résoudre à le lier, parce que je ne pouvais rester tout le temps à ses côtés et qu'il se frappait la tête contre la paroi à se la faire éclater. Voyez vous-même, chevalier.

Prenant la torche des mains d'Aelred, le jeune homme s'approcha du prisonnier qui se recroquevilla sur lui-même.

Il avait la peau couverte de plaies et de boursouflures, les cheveux et la barbe noirs et hirsutes. Dans ses yeux, brillait une flamme hallucinée, et il ne cessait de prononcer les mêmes mots avec un fort accent que Galeran ne connaissait pas. Quand il ne parlait pas, il se mettait à gémir douloureusement.

— Salve moi, sorcer, salve, me socor de felenie… disait le pauvre homme. Salve moi…

— Que dit-il ?

— Il vient peut-être d'un navire anglais, mais nous n'arrivons à démêler ce qu'il dit. Il parle de sorcellerie, et il a peur. Je ne sais ce qu'il a vu, mais cela devait être si terrible qu'il ne s'en est pas remis.

— Vous voyez, dit le père Adémar qui s'était tu jusque-là. Les forces du mal que vous devez combattre sont tout aussi effrayantes, et peut-être même plus, que les dragons qui hantent les cauchemars de nos paysans.

— Ainsi, vous pensez que ce malheureux est le seul rescapé d'un navire naufragé ?

— Pour dire vrai, nous ne savons trop que penser.

— Quand l'avez-vous trouvé, et où ?

— Fin avril, dit Aelred, je me rappelle, c'était après une tempête de trois jours, au large de la baie de Chandorat.

— Une tempête de trois jours ?

— Oui, ici, nous autres marins, disons que les tempêtes durent trois, six ou neuf jours. Tout comme on sait aussi que la dixième lame est celle qui monte le plus… Celle-là était une tempête de trois jours, affirma encore le moine en essuyant avec un linge le visage en sueur du naufragé. En plus, je ne sais si nous pourrons le sauver, car, pour l'instant, il refuse toute nourriture. J'arrive à peine à lui faire boire un peu de bouillon et de miel quand il est exténué et ne se débat plus trop. Voyez comme il est maigre.

— Venez, chevalier, dit le père Adémar, il est temps maintenant de regagner notre oratoire. Aelred, vous pouvez rester un peu avec lui.

— Merci, mon père, répondit le moine qui entreprit d'humecter doucement les lèvres du malheureux avec un linge.

24

Le chevalier sortit avec soulagement de l'obscur cellier où le naufragé s'était remis à gémir et à se débattre. Il suivit les moines qui se rendaient avec les pèlerins et Marcabru vers l'extrémité de la terrasse.

Après avoir monté quelques marches, ils se retrouvèrent dans une petite chapelle.

Ici, tout était sculpté dans le roc, à croire que les tailleurs de pierre n'avaient point voulu séparer leur ouvrage de sa matrice. Les statues des saints, l'autel, le déambulatoire, les balustres semblaient sortir des parois, des sols et des plafonds, comme par enchantement.

Tout comme dans les autres églises, la voûte et les murs étaient ornés de peintures aux couleurs vives, et un fin rayon de soleil éclairait encore le maître-autel devant lequel s'agenouilla le père Adémar.

Moines et pèlerins se tenaient en retrait derrière une balustre, la tête baissée, attendant le début de l'office.

Par un passage qui leur était réservé, les reclus se glissèrent sur un balcon au-dessus de la petite assemblée. Les chants de grâce s'élevèrent bientôt et tous communièrent avec ardeur. Puis, le révérend les bénit, tout comme il bénit les bâtons et les mantels des pèlerins qui se relevèrent et sortirent en silence derrière les moines.

Seul Galeran resta immobile près de la balustrade qui le séparait de l'autel. Le père vint vers lui et le regarda avec douceur :

— Que vous inspire cet endroit, mon fils ?

— Une grande paix, mon père.

— On dit que cet ermitage remonte aux premiers âges, et je le crois volontiers. Voyez comme cette lumière, même à cette heure tardive, illumine le maître autel.

Le chevalier leva la tête. Au-dessus de la porte d'entrée était le balcon d'où s'étaient retirés les reclus, ainsi qu'une petite fenêtre.

— La lumière passe à travers cette lucarne puis par les ouvertures pratiquées dans le balcon avant de toucher l'autel. Hiver comme été, jour comme nuit, ce lieu souterrain est habité par la lumière du ciel, mon fils.

25

Un peu avant l'aube, une main toucha légèrement le chevalier à l'épaule. Il se retourna : le père ermite se tenait debout près de sa couche.

— Levez-vous, Galeran, et suivez-moi, ordonna le vieil homme en se dirigeant vers la terrasse.

L'aube pointait déjà, mais la lune et les étoiles brillaient encore dans le ciel pur. En dessous d'eux, l'on entendait le clapotis des vagues contre le ponton de bois.

— Je dois vous faire mes adieux, dit Adémar. Rétablissez la paix, chevalier, il le faut, c'est ma prière.

— Je vous en fais serment, mon père, et si Dieu le veut, je reviendrai.

— Non, je veux que vous gardiez de moi l'image d'un homme debout. Ne revenez point, chevalier, car je ne vous aurai pas quitté.

Le chevalier s'agenouilla devant le vieil homme, qui le bénit. Quand il releva la tête, le père Adémar s'éloignait déjà vers l'oratoire.

L'aube trouva le chevalier assis devant le fleuve, son regard grave fixé sur l'horizon violet du Médoc.

Leurs chevaux attendaient les deux hommes, près de la tour. Un jeune garçon, qui était assis à côté, les salua en silence avant de s'enfuir à toutes jambes avec, bien serré dans son petit poing, le sou que le chevalier lui avait donné.

TROISIÈME PARTIE

« Et IL tuera le dragon
qui est en la mer. »

Isaïe.

26

La *Mort-Bœuf,* l'unique taverne de Talmont, était un simple hangar de planches, situé au lieu-dit le Groing, face au grand rocher et au fleuve.

Construit en dehors de l'enceinte du bourg, il fallait pour s'y rendre passer par une étroite poterne et affronter les bourrasques et les embruns qui fouettaient la falaise.

Chaque tempête d'équinoxe détruisait le bouge et, chaque fois, il réapparaissait au même endroit, comme le chancre d'une maladie honteuse.

Pêcheurs de Talmont ou du Caillaud, paysans et hommes d'armes venaient s'y soûler de cervoise tiède, ou s'emplir la panse d'épaisses tranches de mauvaise viande grasse et rose.

Les lieux sentaient la crasse, l'urine et les graillons. On y entrait par une porte si basse qu'il se fallait courber, et une fois dans l'unique salle sans fenêtre, il faisait si sombre qu'on n'y discernait guère que le halo fumeux des lampes à huile de baleine et les silhouettes noires des buveurs attablés près des braseros.

Malgré la pénombre, tel un oiseau de nuit, maître Gildas, le tenancier, veillait à tout, ne laissant jamais longtemps vides gobelets ou bols, faisant ses affaires tout en mettant de l'ordre dans les échauffourées, car, disait-il, il ne voulait pas perdre ses pratiques et les envoyer au cimetière avant leur heure.

Ancien pêcheur lui-même, l'homme s'était reconverti dans ce fructueux commerce après une rixe sanglante qui lui avait coûté un bras.

Depuis, il était devenu « maître » Gildas, et son juron favori le nom de son bouge.

Et comme il était le seul tavernier à des lieues à la ronde, son ventre et sa bourse s'étaient distendus, sous l'effet conjugué des graillons qu'il cuisinait et des deniers qu'il récoltait.

On était le lundi des Rogations, et le jour se levait à peine quand deux coups secs furent frappés sur la porte de la taverne.

S'étant couché fort tard et ayant plus qu'à son tour levé le godet, le manchot sortit à contrecœur de sa paillasse.

— Par la mort-bœuf, grogna-t-il en regardant par le guichet, c'est point déjà l'heure pour ripailler, passez vot'chemin !

— C'est moi, ouvre ! dit une voix impérieuse.

Sans répliquer davantage, Gildas se hâta de soulever la barre et de s'écarter devant la haute silhouette de l'arrivant.

Lui qui ne craignait guère les terribles châtiments de ce monde, il savait que cet homme-ci était le seul capable de lui infliger les pires tortures de l'Enfer !

Avec empressement, il désigna une table pas très propre, puis alla jeter une brassée de petit bois sur un brasero qu'il tira vers le visiteur. Les flammes montèrent, éclairant la silhouette de l'homme immobile.

L'air absent, celui-ci regardait les flammes sans ciller, et aucune expression ne venait animer ses traits.

Le tavernier s'inclina, froissant nerveusement les plis de sa chainse entre ses gros doigts.

— Installez-vous, mon maître, je vous prie, mais que venez-vous…

Gildas s'interrompit : un sourire venait de découvrir les dents acérées de l'homme. Et pour le manchot, ce sourire-là faisait redouter le pire.

Un nœud lui tordit l'estomac, tandis qu'il demandait d'une voix tremblante :

— Messire, ai-je eu le malheur de faire quelque chose qui vous aurait déplu ?

— Je te l'ai déjà dit, point de messire ici, trancha sèchement l'inconnu en se glissant sur un banc. (Puis, après un long silence, il tapa du poing sur la table et déclara avec force :) Tout chez toi me déplaît, vieille charogne. Alors fais ton ouvrage : donne-moi à boire, j'ai le gosier sec ! Et du bon, pas de cette piquette dont tu régales tes pourceaux de clients !

— Oui, maître, bien sûr, dit le manchot en courant tirer une corne de vin à un tonnelet qu'il réservait aux hôtes de marque.

— Bon, dit l'autre après avoir bu une longue rasade. Ecoute, car je ne répéterai pas. Quelqu'un qui nous menace va venir à Talmont, et il se présentera sûrement ici.

— Oui, maître, oui, mais comment le reconnaîtrai-je ?

— Tu ne le reconnaîtras pas, car nous ne savons qui il est. Il te faudra tendre l'oreille et surveiller les têtes que tu ne connais point. Je t'enverrai Matha et Dourado. Ils sauront quoi faire, eux.

Puis, une lueur s'allumant dans ses yeux glacés, l'homme souffla :

— Et tiens-toi prêt. La tempête se lèvera à Pentecôte, quand tous ces gaillards seront ivres de vin et la panse pleine. Quand ils croiront la Goule endormie.

Le manchot avait pâli, mais l'homme continuait comme s'il n'avait rien remarqué :

— Encore une chose, si Elle vient ici, renvoie-la. Je ne la veux point en ville pendant les jours de la fête du dragon. Il y a trop d'étrangers à ce moment-là.

— Mais Elle vient toujours…

— Elle venait ! C'est fini, j'ai dit, fit l'homme en regardant fixement le manchot. Tu sais qui est le maître ici, n'est-ce pas, Gildas ? Tu sais que même Elle m'obéit, tu le sais, n'est-ce pas ?

L'autre avala sa salive et lâcha en baissant la tête :

— Je sais, maître.

Quand il se redressa, la porte se refermait. L'homme était déjà parti.

27

Le bourg de Talmont se dressait sur un promontoire rocheux, à quelques toises à peine au-dessus des vagues de la Gironde.

Les anciens affirmaient que chaque année, le grand fleuve dévorait un peu plus la pierre de ses falaises.

Les soirs de veillée, ils racontaient aussi qu'un jour, peut-être, Talmont, tout comme la légendaire Ys de Bretagne, serait précipité dans les lieux d'épouvante, au royaume des sirènes et des Léviathans.

Pourtant, en ce lundi des Rogations, personne, pas même les anciens, ne pensait à ces prophéties de malheur. Aujourd'hui était jour de liesse, et le bourdon de l'église bénédictine sonnait le départ de la procession du dragon.

Partout, dans les pauvres ruelles aux murs blanchis à la chaux, vibraient les grelots et les crécelles qu'agitaient avec frénésie hommes, femmes et enfants.

De l'arrière-pays, arrivaient encore, à pied, à

mulet ou en charrois, des retardataires, paysans et laboureurs de Cozes ou même de Saujon, tandis qu'accostaient des barques de pêcheurs venant de Suzac, de Mortagne et même de Saint-Christoly en Médoc, de l'autre côté du fleuve.

C'est au milieu de ce flot humain, qui convergeait vers le bourg, que se trouvèrent entraînés le chevalier et son compagnon.

Mettant pied à terre, ils se joignirent à un groupe de pèlerins de Compostelle dont le guide, un vieux forgeron de Saintes du nom de Jehan, connaissait Talmont pour y avoir déjà séjourné maintes fois.

— Avec cette fête, nous ne trouverons point à nous loger à l'intérieur de l'enceinte, avait déclaré l'homme en hochant sa tête grise. Le bourg est bien trop petit, et le prieuré des frères moines peut tout juste accueillir cinq Jacquets. Par contre, je connais un fermier au Caillaud, un brave homme qui voudra bien nous héberger dans son grenier à foins et prendre vos montures avec ses vaches, messire. Ses granges sont de l'autre côté de la conche de la Grave, à moins d'une demi-lieue de la porte du bourg.

Galeran décida de suivre le conseil du forgeron, et ce fut donc à pied et en compagnie des pèlerins de saint Jacques que les deux amis franchirent un peu plus tard la porte du Plassain.

Tout en marchant, Jehan leur avait expliqué

que Talmont n'était guère riche. En dehors des grandes voies charretières surplombant les marais, le bourg n'avait d'autre ressource que celle de la pêche, et ne se développait qu'avec l'aide des bénédictins de saint Jean d'Angély et les deniers des pèlerins de saint Jacques.

— Ces moines sont des vaillants, ajouta le forgeron. Depuis qu'ils sont là, cela fait bientôt soixante ans, le bourg s'est embelli. Ils ont défriché, édifié des levées de terre et des varagnes, asséché les marais qui nous donnaient les fièvres dont beaucoup mouraient. À l'église, des sculpteurs travaillent toujours. Vous verrez, elle est fière, Sainte-Radegonde : avec ses grosses pierres, elle ne craint ni la tempête ni le feu du ciel !

Galeran, qui écoutait avec attention les propos du vieil homme, remarqua qu'en tout et pour tout, le bourg franc était composé d'une vingtaine de maisons longues et basses. De pauvres abris de pêcheurs, des bourrines ainsi qu'on les nommait, faites de terre malaxée avec de la paille et des roseaux hachés, et couvertes d'un toit de rouches.

Au détour d'une étroite venelle, le petit groupe déboucha bientôt sur une placette où, sous un grand chêne, un jongleur rattrapait ses balles avec adresse. En attendant le passage du cortège, des gens se regroupaient aux angles des ruelles, échangeant des nouvelles du pays.

On retrouvait là des pêcheurs, des paludiers, des maraîchins, et des « plainauds » , ces habitants des plaines, connus pour leur rudesse en affaires et leur sagacité.

Au milieu de cette foule bruyante et joyeuse, passaient en criant des colporteurs, des marchands de vin ou de pâtisseries.

Qu'ils soient des terres ou de la côte, tous avaient revêtu leurs plus beaux habits pour venir à la procession : cottes jaunes, surcots rouges, pèlerines bleues... Cette fête des Rogations attirait bien du monde, et c'était pour beaucoup la seule occasion de l'année de voir des gens d'ailleurs, de faire affaire, de s'occuper des pucelles, ou tout simplement de manger à sa faim.

— Ça, c'est un endroit comme j'aime ! s'exclama Marcabru en gonflant avantageusement la poitrine et en décochant des œillades à droite et à gauche aux filles qui passaient.

Enfin, il se planta devant une gentille marchande d'oublies :

— Eh quoi, la belle ! Tu veux donc point les vendre tes gâteaux, que tu passes sans t'arrêter devant moi ?

— Bien sûr que si, messire, que voulez-vous ? répondit vivement la petite.

Elle souleva d'un geste gracieux, la fine toile qui protégeait des mouches et des guêpes d'appétissants gâteaux dorés, aux senteurs de miel et de lait frais.

— Las, mais ils ont l'air fameux, tes gâteaux ! Donne-moi celui-là, veux-tu, et puis ça. Et ça, qu'est-ce que c'est ? demanda Marcabru, la salive lui montant à la bouche.

— Un casse-museaux, messire, dit la jeunette en rougissant. Mais c'est point pour tout de suite, c'est pour la procession. Y sont au fromage blanc…

— C'est toi qui fais tout ça, ma beauté avec tes petites menottes ? demanda le troubadour en enfournant un gâteau.

— C'est ma mère et ma sœur, moi je les vends. Et puis, ajouta la pucelle en rougissant, faut point me toiser comme ça, messire, je suis honnête fille et ma mère, elle serait point contente. Elle a pas le caractère commode, j'vous le dis.

— Te fâche pas, allez, c'est parce que t'es bien mignonne ! marmonna Marcabru, la bouche pleine. Et ça, c'est quoi ?

— Des échaudés, messire.

— Y sont point faits comme par chez moi. Allez ! encore un, et puis ça sera tout, mon compagnon s'impatiente, dit Marcabru en voyant le chevalier s'éloigner dans la foule avec les Jacquets.

» Tiens prends ça, ajouta-t-il en tendant deux piécettes à la jeune fille. On se reverra, ma belle. La ville n'est point si grande que je ne te retrouve, toi et tes gâteaux !

— Qui veut mes oublies, mes jolis casse-museaux ! criait déjà la gamine en glissant vivement les sous dans son aumônière avant de jucher la grande panière sur sa tête. Tout beaux, tout chauds, mes casse-museaux !

— Galeran, attendez-moi ! Que diantre, on

n'est pas si pressés, fit Marcabru en courant après son compagnon.

Le chevalier se retourna, dit quelques mots à Jehan qui continua avec ses compères, et attendit le troubadour.

— Vous n'avez donc jamais faim, chevalier, dit celui-ci tout essoufflé, et vous ne regardez jamais les filles ?

Pour toute réponse, Galeran entraîna Marcabru à l'écart, dans l'ombre d'une venelle.

— Point n'est besoin d'être ensemble, Marcabru. J'ai à faire ici. On se sépare : tu vas de ton côté, et on se retrouve à la grange ce soir ou demain.

— Foutre, grogna le troubadour. Peut-être vaudrait-il mieux pour nous deux que vous me disiez ce qu'il en est. Je pourrais vous être utile, Galeran. Les troubadours sont capables de débrouiller des mystères et de venir à bout des devinettes et des énigmes, vous savez.

— Sans doute, mon ami, mais ce genre de devinette ne s'écrit pas avec une plume, mais avec une épée et du sang. Je ne voudrais pas t'entraîner dans une mauvaise affaire et qu'il t'arrive malheur, c'est tout.

Le visage de Marcabru s'empourpra, et c'est d'un ton furieux qu'il répliqua :

— Et moi, milledious, putain de moine, je dis que je veux vous aider ! Quant à être entraîné, je ne suis point une femmelette et suis venu là sans y être forcé, que je sache ?

Galeran connaissait trop les mouvements d'humeur du troubadour pour s'en offusquer. Il attendit donc sans répliquer.

Un peu gêné de s'être si facilement emporté, Marcabru ajouta en baissant la voix :

— J'aimerais simplement vous aider, Galeran.

— Bien, peut-être est-ce toi qui as raison ? Et puis tu cours sans doute plus de risques en ne connaissant pas le gibier que je traque. Viens par ici, suis-moi.

Le chevalier guida son compagnon vers le fleuve, dont il apercevait le bleu lumineux au bout de la venelle.

— Assieds-toi là, dit-il en montrant un petit muret de pierres qui surplombait les vagues.

Et Galeran, s'il n'expliqua pas tout au troubadour, entreprit de lui conter le pourquoi de sa mission en pays d'Aquitaine.

Le visage grave, Marcabru l'écouta patiemment jusqu'au bout, sans l'interrompre.

— Voilà, ce que je peux te dire, pour l'heure, fit le chevalier en achevant son récit.

— Millediou, maugréa Marcabru, alors vous recherchez des bateaux qui ont disparu ? Mais sur ces côtes, y'a tout le temps des tempêtes qui vous tombent dessus, sans crier gare, et des dures, croyez-moi ! Alors c'est normal qu'on ne retrouve point ces nefs, si elles coulent par le fond. Pour les pilleurs d'épaves, ça c'est vrai, ils sont nombreux par ici, comme par chez vous, en Bretagne, et y'en aura toujours.

— En une année, les marchands bordelais se sont plaints de la disparition de six galées et d'une nef, rétorqua le chevalier. De l'avis de notre reine, et j'en suis d'accord avec elle, ce n'est plus là le fait du simple pillage ou de l'accident.

— Par Jupiter, je suis bien sûr que c'est pas tant les marins que recherchent ces foutus bourgeois, mais bien plutôt leurs ballots de marchandise ! Si les rois n'y prennent garde, ces gros marchands, avec tout leur or, gouverneront bientôt à leur place…

— Notre reine voit plus loin que la simple richesse des marchands bordelais, crois-moi. Peut-être, un jour, t'en dirai-je davantage. Mais sache qu'elle a juré devant Dieu de mettre fin aux agissements des pilleurs d'épaves, et cela, aucun roi n'a jamais osé s'y engager avant elle !

— Je vous aiderai donc, car la cause est bonne, dit simplement Marcabru.

— J'accepte, mais uniquement si tu obéis à mes ordres sans discuter. Ce n'est point une partie de plaisir à laquelle je te convie. Nous ne connaissons pas le visage de nos adversaires. Nous savons seulement qu'aucun des hommes envoyés ici par Saldebreuil de Sanzay l'an passé n'est revenu pour nous dire ce qu'il leur était arrivé !

— Ils se sont peut-être fait prendre à partie par une bande de routiers.

— Ce n'était point des jouvenceaux, mais un

détachement d'une vingtaine d'hommes armés et prévenus du danger. Cela veut dire que ceux que nous affrontons sont sans merci. Par ailleurs, avec la croisade, la plupart des châteaux voisins ont été vidés de leurs seigneurs et de leurs féaux. Nous ne pouvons donc compter que sur nous-mêmes.

— Et le seigneur de Talmont, ce Ramnulphe dont vous m'avez parlé, il ne peut nous aider ?

— Pour l'heure, je me méfie de lui comme des autres, et si tu veux rester en vie, il te faudra faire de même. Je l'irai voir quand j'en saurai plus long sur lui et sur ce bourg.

— Et pourquoi être venu spécialement à Talmont ?

— Le seul message des hommes qui ont disparu, et qu'a reçu Saldebreuil, venait d'ici. Ils en repartaient après une nuit passée au château et remontaient vers la Porte Océane. Après, ce fut le silence, ils semblaient s'être évaporés. Alors je veux savoir qui les a vus, ce qui s'est dit sur eux et ce qu'ils sont devenus. Pendant ces trois jours de fête, il se passera peut-être quelque chose qui nous renseignera.

Le troubadour hocha la tête :

— J'obéirai. Que voulez-vous que je fasse ?

— Que tu restes le troubadour que tu es, dit le chevalier en mettant sa main sur l'épaule de Marcabru. Cela te permettra, mieux qu'à moi, de mettre les gens en confiance et de les faire parler. Renseigne-toi sur le seigneur d'ici, sur ses hommes, sur la Grande Goule. Va dans les tavernes, soûle les ribauds, chante… Mais surtout, prends garde !

— Par ma barbe, je suis bien trop jeune et beau pour mourir ! On se retrouve à la grange après la mi-nuit ?

— Oui, et que Dieu nous protège, dit le chevalier en s'éloignant.

28

La procession avait fait le tour du village et, le soir venu, comme il faisait doux, les gens s'étaient attablés dehors pour manger et boire la soupe, le pain et le vin offerts par les moines de Talmont.

Suivant les conseils de Galeran, Marcabru s'était mêlé à la foule. Il s'était lié avec le jongleur, avait fait un brin de cour à une lingère, bavardé avec des colporteurs, puis, s'installant à son tour sous le grand chêne, s'était mis à jouer du flûtiau et à chanter l'amour.

Les gens avaient fait cercle, reprenant les refrains en tapant dans leurs mains. Le troubadour avait continué à faire le pitre, finissant par une chanson paillarde que les badauds applaudirent à tout rompre.

Saluant la foule, il avait rangé son flûtiau dans son pourpoint et ramassé les quelques piécettes qui avaient roulé sur le sol. Il allait partir quand il eut le sentiment qu'on l'observait.

Tout le monde s'était dispersé, sauf un gars d'une quinzaine d'années qui restait là à le regarder, comme s'il voulait lui parler.

— Eh bien, quoi ! T'en as pas eu assez, t'en veux encore ? l'apostropha le troubadour avec bonne humeur.

— Pour sûr, que j'en reveux ! rétorqua l'autre. (Puis, comme si cette question lui brûlait les lèvres, il demanda :) Vous venez de loin, messire troubadour ?

— Par la barbe de Jupiter, oui, mon gars, de très loin ! dit Marcabru en faisant un grand geste du bras. J'ai été du fin bout de la Galice jusqu'à la lointaine Venise, j'ai visité les confins des royaumes d'Orient. J'ai aimé des princesses, courtisé des rois, et même les harems de Constantinople n'ont plus de secret pour moi.

— Les harems ? Mais c'est quoi, les harems ?

— Tu connais pas ça ? Alors, écoute, s'exclama Marcabru, dont c'était le sujet favori. Les seigneurs d'Orient n'ont pas une femme, ni même deux…

— Ah bon ! Les pauvres ! Comment y font ?

— Mais triple nigaud, ils en ont vingt, trente, soixante…

— Mon père, déjà qu'il arrive pas à en commander une seule ! Et puis, le prêtre a dit…

— T'occupe pas du prêtre. Oui, ils ont des dizaines de femmes. C'est pas des puceaux, c'est de vrais hommes.

— Ah ça ! dit le jeune gars, songeur, ça doit être quelque chose, tout de même ! Et elles sont belles, les filles d'Orient, aussi belles que celles d'ici ?

— Mieux que belles ! Des beautés à te couper le souffle, à te faire pâmer. Imagine un peu, des yeux de gazelle tout en amande, une peau douce comme velours, blanche comme lait ou dorée comme pain d'épice, des seins fermes et hauts, à peine cachés par des voiles si fins qu'ils révèlent même leur vergogne, et des croupes larges… Ah ! ces croupes ! déclama Marcabru avec enthousiasme.

Écarquillant les yeux, le petit gars reprit d'un ton grave :

— Bon, bon, moi je savais pas que ça existait, les harems, mais l'Orient, c'est pas que des harems avec des femmes. Et Jérusalem ? Et si tu me racontais, oui, si tu m'en racontais encore, je voudrais bien savoir…

— Savoir quoi ?

— Tout ! Tout ! Je me demande, la mer là-bas, elle est comment la mer ? Est-ce qu'elle a la même couleur que la nôtre ? Et les bateaux à Venise, on dit qu'ils peuvent porter des centaines de croisés avec leurs harnois et leurs destriers ? Raconte-moi, troubadour. Comment c'est, ailleurs ?

— Diantre, les harems et les belles filles, ça te suffit pas ! Y t'en faut à toi ! Mais j'ai rien contre. Bon, l'on m'appelle Marcabru. C'est quoi, ton nom ? dit-il en lui tapant amicalement sur l'épaule.

— Guiot le grêlé, répondit le garçon dont la bouille mal lavée était constellée de taches de rousseur. Je suis d'ici, enfin du Caillaud, ramasseur d'huîtres et pêcheur au filet, tout comme mon père et mon oncle, et mon grand-père avant nous.

Marcabru sourit à ce gamin dont la désarmante simplicité lui en rappelait tant d'autres. Des jeunes pleins d'ardeur et d'espérance, qui, un jour, abandonnaient leurs pauvres villages, cédant sans réfléchir à l'attrait de l'inconnu... pour finir enchaînés dans les cales d'un navire sarrasin, ou mourir misérablement sur le pavé d'une ville orientale.

— Eh bien, si on allait boire un coup entre hommes ! J'ai le gosier sec, et la faim qui commence à me tordre les entrailles. Tu connais une taverne ?

— Pour sûr, à Talmont, il n'y en a qu'une. Elle est au Groing, mais...

— Eh bien, si tu m'y emmenais, dit Marcabru, sans paraître remarquer la réticence du jeune homme.

— C'est que, j'ai pas...

— T'as pas quoi ? Ma bourse est pleine, si c'est ce qui t'inquiète, l'ami, et je t'invite. Allez, amène-toi et je te conterai l'Orient comme si tu y étais.

Guiot n'insista pas et, tout en causant, entraîna son nouvel ami par les étroites ruelles.

Arrivé au pied de l'enceinte de bois, il poussa le vantail de la vieille poterne et ils se retrouvèrent sur la falaise, face au fleuve.

— Dis donc, elle ferme même pas c'te porte, remarqua Marcabru. Et vous mettez point de gardes à la palissade ?

— Ben non, qui c'est-y qui viendrait par là? T'as vu où on arrive ! C'est le seul chemin pour aller à la *Mort Bœuf,* alors tu penses que les gens d'armes y vont pas condamner la poterne. Y z'y viennent plus souvent que nous se rincer le gosier!

À quelques pas de là, se dressait la taverne. Assis sur une marche, devant la porte close, un homme semblait monter la garde.

— T'entends ce bruit à l'intérieur! dit Marcabru en s'avançant. Ça doit boire sec et ripailler là-dedans. Tout comme j'aime.

— Vous savez, y'a aussi les moines qui font un banquet sur la place du village. On pourrait peut-être y aller, murmura Guiot, pas très rassuré.

— Qu'est-ce tu me parles de moines? J'ai point envie de boire de l'eau ni de chanter complies, mon gars. Allez, avance !

Le pendard qui était assis en travers de la porte leva la tête en les voyant approcher, mais il ne bougea pas. Il était vêtu d'une broigne cousue de deniers de métal et portait une hache au côté.

— Tu connais ce louche idolâtre ? murmura Marcabru à son compagnon.

— Lui, là, j'le connais point. Il est pas du Caillaud, en tout cas, mais c'est peut-être un des hommes du seigneur Ramnulphe.

— Vous êtes pourtant pas si nombreux ici. Y'a donc des gars que tu connais pas ?

— Oui, surtout chez les gens d'armes, marmonna Guiot, mal à l'aise.

Marcabru passa devant le gamin et salua l'homme d'un signe de tête.

— Salut l'ami ! Si t'es le crieur, j'ai pas entendu ton boniment, plaisanta-t-il. Avec le nom de la maison et le boucan que j'entends à l'intérieur, on doit boire sec et manger de la viande, et de la bonne, pas vrai ? Cela me changera de la poiscaille qu'on trouve partout dans ce pays.

— Y'a pas besoin de crieur ici ! Qu'est-ce vous voulez ? grogna l'autre.

— Par Jupiter ! s'exclama Marcabru. T'es drôle, toi ! Qu'est-ce qu'on veut en entrant dans une taverne, l'ami ? Boire un coup et manger, pour sûr !

L'autre fronça les sourcils, comme s'il se rappelait quelque chose :

— Je t'ai déjà vu, le beau parleur, t'étais sous le chêne avec le jongleur. T'as de quoi payer ? Montre !

Comme par magie, une piécette jaillit entre les doigts du troubadour. Il la jeta au gars qui la rattrapa avec habileté.

— Tiens, c'est pour toi. Si tu m'as vu, tu sais que j'ai fait des deniers ce jourd'hui, et j'suis d'humeur plaisante, profites-en. Ouvre-moi cette damnée porte !

— Bon, bon, puisque t'as de quoi payer, attends…

L'homme frappa trois coups au vantail qui s'entrouvrit sur la face en sueur du tavernier.

— Ouvrez, maître Gildas ! dit le garde. J'ai ici un bonhomme qu'a des deniers à perdre.

— Et celui-là ? fit le tavernier en montrant le jeune pêcheur.

— C'est mon compère, dit Marcabru en prenant le Guiot par les épaules et en le poussant devant lui dans la salle enfumée.

Là-dedans, tout le monde criait, rotait, buvait, mangeait ou pissait sans vergogne.

D'innommables déchets jonchaient le sol de terre battue, aussitôt dévorés par deux chiens efflanqués qui traînaient entre les tables.

Sur le seuil, Marcabru, qui avait pourtant l'estomac solide, avait eu un mouvement de recul, puis il s'était repris.

— Ça, c'est une taverne ! s'exclama-t-il en donnant un coup de coude à Guiot.

— Suivez-le ! leur cria le manchot en montrant un pauvre gosse qui s'avançait vers eux, les bras chargés de chopines vides. Il va vous trouver un coin où vous poser.

Le gamin – il ne devait guère avoir plus de dix ans – leur fit signe et se glissa avec agilité entre les rangs des buveurs, leur désignant une petite table, près d'un brasero.

— Voilà, messire, dit le gosse en s'excusant, l'échine courbée. Y fait un peu chaud par là, c'est pour ça que la place est vide.

— T'en fais pas pour ça, p'tit, ça ira bien. Si on a chaud, on ôtera nos braies ! Ramène-nous de la boustifaille et des pichets pleins, et j'serai pas un ingrat ! s'exclama Marcabru. Eh bien, le Guiot, assieds-toi ! Te voilà muet, maintenant. Tu vas pas me dire que t'es jamais venu ici ?

— Si fait, dit l'autre en prenant place en face du troubadour. Au début, quand la taverne a ouvert, avec des gars du Caillaud. Mais j'y suis point retourné après, et mes amis non plus. Nous autres, les ramasseurs, on n'aime point trop le Gildas…

Guiot se tut, car le gosse était déjà revenu et déposait devant eux deux godets emplis de cervoise.

Bien d'autres suivirent, accompagnés de pain méjean et d'épaisses tranches de viande rosâtre, figées dans leur graisse.

Pourtant, les deux compères engloutirent le tout sans rechigner, causant de l'Orient et du bourg de Talmont, des galées vénitiennes et des bateaux de Gironde. Plus la nuit avançait, plus la voix de Guiot devenait pâteuse.

Il n'avait point l'habitude de boire et Marcabru, qui s'était montré plus sobre qu'à l'ordinaire, se dit que le jeune gars était à point ! Il lui posa la main sur le bras et murmura, en le secouant un peu :

— Et le seigneur de Talmont ? Tu m'en as point parlé ?

— Oh, dit Guiot en bâillant, il est point mauvais pour nous. Y pense qu'aux femmes, c'est un chaud lapin, savez. Faut qu'elles y passent toutes. Nous autres, celui qu'on n'aime pas, c'est le viguier du châtelet. C'est pas un gars du pays.

Le jeune garçon se tut. Il dodelinait de la tête et Marcabru dut lui décocher un solide coup de coude pour qu'il reprenne son récit.

— Continue, mon ami, continue !

— Continuer quoi ? dit l'autre.

— Tu me parlais du viguier.

— Ah oui ! le viguier. V'la bientôt deux ans, il est tombé de la falaise. Le lendemain, l'autre, qu'on connaissait point, il avait déjà pris sa place. C'est comme j'te dis, Marcabru.

— Y vient d'où, ton nouveau viguier ?

— On sait pas.

— Parle-moi un peu des frères moines.

— Oh, eux ! On les aime bien, au Caillaud. Ils soignent nos malades, donnent à manger pendant les fêtes, et n'ont point trop la main lourde pour les pénitences…

Marcabru sourit :

— T'en as eu beaucoup, toi, des pénitences, Guiot ?

— Ben, pas trop. Quelques *Ave* et quelques *Pater* par ci, par là.

— Et le manchot ?

— Oh ! lui, c'est un ancien marin et un violent. Il a perdu son bras dans une tuerie dont il est le seul à être ressorti vivant, à ce qu'on dit ici. C'est après qu'il a ouvert sa taverne. Et y fait des deniers, crois-moi !

— Y'a pourtant pas des foules qui passent dans le pays.

— P'têt ben, mais ceux qui passent, y vont tous chez le manchot. Tiens, même les soldats.

Au mot soldat, Marcabru dressa l'oreille. Peut-être allait-il enfin apprendre quelques détails capables de contenter sa curiosité.

— De quels soldats parles-tu ?

— Des hommes d'armes qu'étaient venus voir le seigneur Ramnulphe…

Le Guiot s'arrêta net. Il avait aperçu maître Gildas qui s'avançait vers leur table.

Cela faisait un bon moment que le manchot les observait de loin. Il n'avait plus tant à faire, car la nuit était bien avancée et la taverne s'était lentement vidée, beaucoup de pêcheurs et de paysans ayant regagné en titubant leurs bourrines.

Seule restait une tablée d'hommes d'armes buvant sec, et deux gars, ivres morts, ronflant sous un banc.

— Comment trouvez-vous ma cervoise, messire troubadour, je vous en porte une autre ? demanda le manchot de sa voix de rogomme.

— Par Bacchus, mon compère, j'ai eu mon content, mais si t'avais une bonne pinte de tord-boyaux, je dirais pas non.

— Si fait, j'ai ce qu'il te faut, et si tu veux bien, comme y'a plus grand monde, j'vas venir le boire en ta compagnie.

Puis il se tourna vers Guiot, qu'il fixa d'un air peu amène :

— Dis donc, toi, le ratichon, j'te connais, t'es un des ramasseurs du Caillaud, non ?

— Ben, vous savez, on se connaît comme ça. Je viens pas souvent boire…

Le manchot continuait à dévisager le jeune gars qui, de plus en plus mal à l'aise, se leva maladroitement :

— Vrai, j'me sens pas bien, messire Marcabru, dit-il d'un air piteux. Faut que j'me rentre.

— Tu devrais pas venir chez les hommes ! Tu vois bien, tu tiens même pas la cervoise, dit en riant le tavernier. Y'en a qui sont ressortis les pieds devant pour moins que ça.

À ces mots, qui sonnaient plus comme une menace que comme une plaisanterie, Guiot devint vert et fit demi-tour sans demander son reste.

— Pourquoi tu lui fais peur à ce p'tiot ? s'exclama Marcabru en suivant des yeux le gamin qui oscillait entre les tables. Y faut bien qu'y devienne un homme, et c'est pas en restant dans les jupons d'sa mère ou en ramassant des huîtres !

L'autre haussa les épaules et marmonna entre ses dents :

— Celui-là, l'en deviendra jamais un, de toute façon.

29

À peine la porte refermée, Guiot s'arrêta sur le seuil et regarda autour de lui.

On y voyait comme en plein jour et il n'y avait plus personne sur les marches du bouge.

La lune rousse éclairait l'herbe rase, ombrant des enchevêtrements de casiers à pêches, de filets et de cordes… Mais tout cela tanguait et ondulait devant le garçon.

— Crédié, on s'croirait sur l'bateau, dit-il en élevant la voix.

Il repensa à cette cervoise tiède, dont il avait bu tant de verres qu'il n'en savait le compte, et à la viande trop grasse. Il dut s'appuyer au chambranle tant la tête lui tournait.

L'instant d'après, il était plié en deux contre le mur, vomissant et pleurant comme un gosse. Il hoqueta longtemps, puis les spasmes se calmèrent, lui laissant dans la bouche un horrible goût de fiel.

Des aboiements tout proches le ramenèrent à la triste réalité. Il devait rentrer chez lui, au Caillaud, et dans l'état où il était, valait mieux qu'il se hâte avant que son père ne trouve sa paillasse vide et ne lui fasse tâter du bâton. Il s'essuya le visage avec sa cotte, puis se dirigea vers la poterne qu'il franchit en trébuchant.

La fête était finie depuis longtemps et le petit bourg s'était vidé de ses joyeux drilles. Les portes et les volets de bois étaient clos et, à part quelques ivrognes endormis, çà et là, les ruelles et les places étaient désertes.

Guiot avançait en zigzaguant, évitant les coins sombres et chantonnant à mi-voix, pour se donner courage, une ritournelle que lui avait apprise Marcabru.

Il était presque arrivé à la place où il avait rencontré le troubadour. Dans un instant, il aurait passé la grande porte de Talmont et pourrait enfin se jeter sur sa paillasse.

C'est à ce moment qu'il entendit au-dessus de lui comme un faible gémissement. Le cœur battant, il leva le nez et aperçut au sommet d'un mur la maigre silhouette d'un chat noir. L'animal le fixait de ses yeux jaunes.

— T'es pas un chat, toi, hein, sale bête ! hurla Guiot. T'es noir, tu portes malheur ! D'abord, t'as pas des yeux de chat, t'es une sorcière, un suppôt du diable que t'es… P'têtre même bien qu't'es une goule, pas vrai ?

Une fureur d'ivrogne s'était emparée de lui. Il se baissa, ramassa une caillasse.

Quand il se redressa, prêt à la lancer, le chat avait disparu et le gamin demeura bouche bée. Devant lui, au milieu de la ruelle, se tenait un homme de haute stature, que la lune éclairait en plein.

Guiot le reconnut et, aussitôt, avec la virulence d'un mauvais rêve, la peur lui vint, lui serrant la gorge, lui tordant le ventre, le faisant trembler de tous ses membres.

Guiot poussa un cri de terreur inarticulé et

partit à reculons, finissant par se cogner à un muret contre lequel il resta plaqué, les jambes chancelantes.

L'homme avait sorti un coutel à la lame effilée et s'avançait lentement vers lui, faisant passer l'arme, comme en jouant, d'une main à l'autre.

Le gamin n'essaya même pas de se défendre. Il leva un bras pour se protéger ou pour supplier. Quand le premier coup lui trancha la main, il poussa un gémissement et se laissa tomber à genoux, fixant avec stupeur son moignon dont le sang giclait par saccades, avant de s'évanouir.

30

La panse pleine, les clients du bouge s'étaient retirés les uns après les autres sans trop faire d'embarras. Seuls demeuraient attablés près du brasero le manchot, qui semblait somnoler, et Marcabru, dont tous les sens étaient en éveil.

Au bout d'un long moment, le tavernier se redressa soudain, comme s'il sortait d'un rêve, et demanda abruptement :

— Au fait, y vous disait quoi tantôt, le grimaud ?

— Oh c'est pas tellement lui qui disait, c'est plutôt moi. Il voulait savoir l'Orient et les femmes de là-bas. Ah ! les femmes, ça, c'est quelque chose ! Tiens, sers-moi encore un coup, l'homme, dit Marcabru en tendant son godet.

— Alors, ce tord-boyaux, il a t'y du corps, hein ?

— Ça pour sûr, dit Marcabru dont le visage prenait une teinte violacée. Elle est au poivre, ta tisane !

— Reprends-en un coup, c'est moi qui régale, je te dis ! Alors, d'où tu viens, comme ça ?

— De Bordeaux, mentit Marcabru.

— C'est grand et c'est riche, grogna maître Gildas. Je me demande bien ce que tu peux fricoter dans un trou perdu comme ici.

— Vois-tu, mon ami, j'exerce mon petit commerce.

— Et c'est quoi, ton petit commerce ? C'est faire des singeries comme un marmouset ?

— Ça en fait partie, mon bon, ça en fait partie, répliqua Marcabru à qui l'imagination ne faisait jamais défaut. Tu vois, on n'attire point les mouches avec du vinaigre.

— Qu'est-ce que tu veux dire ?

— Je veux dire que si par ici, on n'a pas des harems comme les idolâtres, on peut avoir des sérails. Comme toi, vois-tu, je fais le bien sur cette terre. Toi, mon ami, tu pourvois aux besoins des assoiffés et des affamés, et moi, j'apaise d'autres appétits.

Une lueur de convoitise s'était allumée dans les yeux durs du manchot.

— Explique, fais pas tant de minauderies, dit-il brutalement. Quels appétits ?

— L'appétit des fruits verts et robustes, comme on en trouve, en toute saison, dans nos belles campagnes.

— Foutre ! dit le manchot en éclatant d'un gros rire. C'est donc ça que tu fais : tu cherches des ribaudes pour les maisons lupanardes de Bordeaux ?

— Et même de Londres, insista Marcabru, je ne suis pas n'importe qui. Ah ! mon bon, c'est un bel ouvrage. Je renippe, je remplume, j'éduque. Avec de pauvres petites misérables, je fais de gentilles damoiselles, je leur procure des connaissances et de la famille…

— Et ça rapporte beaucoup ? demanda le manchot, de plus en plus intéressé.

— Eh bien, pas mal ! dit modestement Marcabru. À moi, et aussi à ceux qui m'aident à dénicher les oiselles.

— Ah diable ! fit le tavernier en se frottant le menton. Sais-tu que tu me plais bien. Tu restes encore ici, t'as dit ?

— Oui-da, à cause de la fête. Mais dis, tu vas m'en poser encore beaucoup, des questions ? Parce que quand on cause, on boit pas, et moi j'suis là pour boire. Alors buvons, tu veux bien ?

Le manchot hocha la tête et remplit à nouveau les godets.

Après avoir trinqué une dernière fois, Marcabru se leva et se dirigea en titubant vers la porte.

Avant de sortir, il serra le tavernier sur sa vaste poitrine, jura par Jupiter, qu'il reviendrait, faillit rater une marche et s'éloigna d'une démarche incertaine vers la poterne.

Debout sur le seuil, maître Gildas, la mine songeuse, le regarda s'en aller, puis il haussa les épaules et rentra chez lui.

Après s'être assuré qu'on ne le suivait pas, le troubadour se redressa et, content de lui, s'éloigna d'un pas ferme, en sifflotant.

31

Les hommes d'armes finissaient leur ronde quand ils rencontrèrent Marcabru.

— Halte-là, l'ami ! Tu vas où ? demanda le sergent. Tu sais pas que t'as rien à faire dans les rues à c'te heure ?

— Par Jupiter, salut à vous, mon bon sire, dit Marcabru en esquissant une révérence maladroite. Je cherche la sortie, j'vas au Caillaud dormir un peu avant de revenir demain pour la fête !

Levant sa torche pour mieux voir les traits de celui qui lui faisait face, le sergent remarqua d'un air bonhomme :

— T'es le troubadour qu'a chanté après la procession, on dirait ?

— Oui-da, mon bon sire, et j'ai dépensé tous mes sous à la taverne. Si je chante encore, vous m'en donnerez bien quelques autres pour y retourner, pas vrai ?

— Allons, j'suis point mauvais bougre, fit le sergent, on va te raccompagner avec les autres à la porte du Plassain, et après, on va tâter nos paillasses. Allez ! en avant, les gars !

La patrouille, composée de gens du cru, encadrait une bonne douzaine d'ivrognes et de miséreux mal en point.

Marcabru se laissa docilement pousser au milieu d'eux et déclara à ses voisins :

— Vrai ? Milledieu, y sont gentils, hein ! C'est pas comme à Bordeaux. Dès qu'on a la trogne de travers, on finit dans un cul-de-basse-fosse…

— Ta gueule ! ordonna brièvement l'un des gardes.

— Bon, bon, marmonna Marcabru qui se tut.

Et la patrouille s'ébranla.

— Chef ! Venez voir, y'en a encore un autre par là ! dit un des hommes de tête en s'arrêtant devant une forme recroquevillée au pied d'un muret.

Il se pencha et, l'attrapant par le col, tenta de mettre le bonhomme debout, puis le lâcha d'un coup.

— Il en tient une bonne, dit-il.

Le sergent s'était approché, la torche levée.

— Triple buse ! Y dort point, celui-là. Il est proprement saigné !

Oubliant leurs prisonniers, dont certains s'esquivèrent discrètement, les hommes d'armes firent cercle autour du corps exsangue.

— T'as vu, c'est c'qui s'appelle le grand sourire, dit l'un en montrant la gorge tranchée d'une oreille à l'autre.

— On lui a même coupé la main, à ce pauvre gamin. Tu le connais ? fit son voisin.

— J'suis pas bien sûr. Il est habillé comme un gars de chez nous, mais je vois pas bien. Qui a pu faire ça, une bagarre, tu crois ? Y pue la cervoise.

— Et si c'était la Goule ? murmura peureusement un jeunot. Si elle venait chercher le sang ici. Si elle en avait point assez avec les naufrages…

— Silence, bande de Jean-Foutre ! gronda le sergent en se redressant.

— Toi et toi, dit-il en désignant deux hommes, allez me chercher un brancard pour emporter ce pauvre gars. Toi, fous-moi les gaillards qui restent hors la ville, je veux plus les voir. Il faut qu'on rentre au châtelet et que je parle au viguier.

Saisi par un sinistre pressentiment, Marcabru s'était glissé entre les soldats.

Il eut du mal à reconnaître son gentil compagnon de beuverie dans l'épouvantail barbouillé de sang qui gisait sur le sol. Un goût de cendres lui vint à la bouche :

— C'est donc comme ça, murmura-t-il. C'est donc comme ça que t'es parti en voyage, mon pauvre gosse…

— Eh toi ! Oui toi, le troubadour ! dit le sergent. Suis le garde !

Marcabru s'arracha à ses sombres pensées et rattrapa le groupe qui s'en allait. Et c'est sans même s'en rendre compte qu'il se retrouva à la grange du Caillaud.

Au milieu des bottes de foin, étaient blotties les formes endormies des pèlerins, mais la place du chevalier était vide. Il n'était pas encore rentré.

Le troubadour alla se nicher dans un coin et s'enveloppa en jurant dans son épais mantel. Plus que de l'inquiétude, il éprouvait un horrible sentiment de remords. « Je n'aurais jamais dû lâcher le petit tout seul dans la nature, songeait-il, j'aurais dû me méfier davantage... »

Enfin, après s'être tourné et retourné, il s'endormit d'un seul coup, vaincu par la fatigue et l'alcool.

32

Une main secoua Marcabru sans douceur.

— Putain de moine ! grogna le troubadour en se redressant et en prenant sa tête dans ses mains. Ça sonne l'angélus là-dedans, bordel divin !

— Eh bien ! Tu n'as pas l'air frais ! fit la voix narquoise du chevalier. Bois, ça te fera du bien.

Marcabru entrouvrit les yeux et attrapa la fiole que lui tendait Galeran.

Il but en faisant la grimace et demanda d'une voix pâteuse :

— Putain de moine ! C'est quoi, ce foutu liquide ? C'est encore pire que la tisane du manchot, vous voulez m'achever, vous trouvez pas que je suis assez mal ?

— Bois encore ! ordonna le chevalier en le forçant à terminer la fiole.

Le troubadour obéit en marmonnant.

— Si tu veux savoir, dit le chevalier en réprimant un sourire, c'est de l'eau d'arquebusade, un peu d'esprit de vin, beaucoup d'herbes. De quoi soigner les coups et ressusciter les mourants, ce qui est apparemment ton cas.

Marcabru leva la main :

— Par Bacchus, m'en sortez pas une autre fiole ! Je me sens mieux et, de toute façon, il faut que je vous parle.

Voyant l'air grave de son ami, le chevalier s'assit à ses côtés dans la paille.

— Je t'écoute, dit-il simplement.

— J'ai tué un gamin, lâcha Marcabru d'un air sinistre.

— Qu'est-ce que tu me chantes là ? Bon, si tu as la tête suffisamment claire, reprenons au début, si tu veux bien. Commence ton histoire au moment où nous nous sommes quittés.

Marcabru hocha la tête et s'exécuta. Galeran l'écoutait attentivement, sans l'interrompre. Enfin, le troubadour acheva, la mine pitoyable :

— Quand j'suis parti de l'auberge, j'étais

content de moi. J'avais, comme on dit, mis dans ma manche le manchot et, grâce au petit, j'avais obtenu quelques renseignements. Seulement voilà, idiot que je suis, je croyais pas que pour m'avoir parlé, le gosse était en danger de mort, et quand j'ai vu dans quel état on l'avait mis... Je vous jure, si je retrouvais celui qui a fait ça, foi de Marcabru, je le tuerais, je l'étriperais !

Le chevalier posa la main sur l'épaule du troubadour :

— Et foi de Galeran, tu ne feras rien de tel pour l'instant. *Non dum,* pas encore ! Mon ami, patience ! N'oublie pas que nous ne cherchons pas un homme, mais plusieurs. Et après tout, celui qui a tué le petit n'est peut-être qu'un simple coupe-jarrets, et ce crime un mauvais hasard.

— Non, Galeran, vous savez, comme moi, que ce genre de malfé traîne dans les villes et attaque le bourgeois. Guiot n'était qu'un môme en guenilles qui n'avait pas un sou.

— C'est aussi ce que je pense, mais pour l'instant, crois-moi, il ne faut point bouger.

Le troubadour hocha la tête sans conviction.

Le chevalier poursuivit d'un ton conciliant :

— En tout cas, grâce à toi, nous en savons un peu plus ; d'abord, nous méfier du nouveau viguier et aussi de ton maître Gildas, qui m'a l'air d'être un drôle. Quant au seigneur de Talmont, ce que Guiot t'en a dit recoupe ce que j'ai appris hier. Hormis les femmes, il n'y a peut-être pas grand-chose qui l'intéresse en ce bas monde.

— Donc, il n'est pour rien dans tout ça ! décréta Marcabru, sur lequel l'eau d'arquebusade semblait faire effet et qui reprenait de la vigueur.

— Pas si vite, être un seigneur luxurieux ne l'innocente pas forcément du reste.

Le chevalier était songeur. Il ajouta :

— Ce qui m'étonne, c'est que cette nuit, les gens d'armes vous aient si facilement relâchés, toi et tes compagnons. Ils auraient dû normalement vous conduire au châtelet.

— Oh ! ça non ! Hormis le sergent, les autres n'étaient point de vrais soldats. C'étaient des pêcheurs qui faisaient leur corvée obligatoire et ils ne rêvaient que d'une chose : regagner leurs bourrines !

— Et ce sergent, alors ?

— Pas très futé. Il avait l'air de pas savoir quoi faire avec le cadavre de Guiot. En tout cas, c'est l'impression qu'il m'a donnée.

— Et les autres ?

— Quels autres ?

— Ceux que les soldats avaient ramassés en même temps que toi, crois-tu que l'assassin aurait pu être l'un d'entre eux ?

Marcabru revit les visages des miséreux et hocha négativement la tête :

— Non, je ne crois pas, ils étaient bien ce qu'ils paraissaient : de pauvres hères. Bon, mais qu'allons-nous faire maintenant, Galeran ?

— Toi, tu vas continuer à chanter comme si de rien n'était, mais ne retourne pas à cette taverne. Il ne faut point tenter le diable.

— Vous inquiétez pas pour ça. Le manchot croit que je vais lui allonger des sous, et pour lui, les sous, y'a que ça qui compte.

— Dieu t'entende, mon ami !

Marcabru hocha la tête, puis demanda :

— Par ma barbe, et vous, chevalier, vous ne m'avez point dit ce que vous avez fait hier ?

— Oh ! j'ai fait la connaissance des frères bénédictins, répondit évasivement le chevalier, et de quelques habitants de Talmont. J'ai été au banquet offert par le prieuré. Je dois voir le père prieur après la procession. Bon, il faut que je parte, je ne veux pas manquer le cortège.

— Millediou ! Et moi, j'ai rien mangé ! protesta le troubadour.

— Fais donc carême, ça te fera le plus grand bien, crois-moi, rétorqua Galeran en riant. Au fait, j'ai été voir les montures cette nuit : elles sont bien traitées. Mais fais-y quand même un tour.

— Je le ferai.

— Je plaisantais pour carême, ajouta le chevalier en voyant la mine déconfite de Marcabru. Il reste du fromage, du pain et de quoi boire dans ma musette. Si j'ai besoin de toi, je te chercherai, le bourg n'est pas si grand. Mais évitons de nous montrer ensemble, nous formons un attelage un peu trop voyant !

Après cette dernière recommandation, le chevalier attacha le fermail de son mantel, glissa son épée à sa ceinture et sortit.

33

Ses jambes nues au-dessus du vide, elle regardait sans la voir la houle qui agitait les eaux du grand fleuve.

Sa main, qui reposait mollement sur ses genoux, tenait le petit miroir d'argent poli qu'il lui avait offert quand ils s'étaient rencontrés. Elle le leva vers son visage et observa avec un soin tout particulier l'image qu'il lui renvoyait.

Elle n'avait que dix-huit printemps, mais il émanait d'elle une telle tristesse qu'on la croyait plus vieille et que l'on hésitait même à lui donner un âge.

Elle reposa le miroir d'un geste brusque et saisit le coffret d'ivoire qu'elle avait apporté avec elle.

Là-dedans était tout ce qu'il fallait pour qu'elle devienne une dame. Cela aussi était l'un de ses cadeaux.

Elle saisit un petit pot d'onguent, y trempa le bout de ses doigts et s'en frotta les joues, qui s'ombrèrent d'un joli rose. Elle jeta à nouveau un regard vers le miroir, puis, à l'aide d'une fine pointe d'os, souligna d'un trait noir ses paupières et mit un peu de vermeil sur ses lèvres.

À l'aide de son peigne de buis, elle démêla ses longs cheveux noirs, puis les tressa et les noua d'un ruban jaune.

Elle était belle, maintenant, même si un pli amer déformait toujours sa bouche.

Elle regagna la grotte et alla à son coffre. Hormis les trois vieilles qui somnolaient sur leurs paillasses à l'autre bout de la salle, il n'y avait personne.

Les autres étaient sorties, alors qu'elle, elle devait rester là à se morfondre.

Il lui avait interdit d'aller à Talmont, et c'était la première fois qu'elle s'apprêtait à lui désobéir. Mais c'était sa fête à elle. Elle qui commandait aux trois sorcières, elle, la fée des houles, la femme-poisson. C'est elle qu'on honorait pendant ces trois jours, et qu'on suppliait d'apaiser la rage des tempêtes…

Elle se déshabilla, laissant tomber en tas, à ses pieds, sa vieille chainse de toile.

Les hanches minces, les épaules larges, la poitrine plate, les jambes et les bras fortement musclés, sa beauté était celle d'un jeune damoiseau.

Elle sortit une longue cotte de lin bleu, lacée sur les côtés, puis enfila par-dessus un surcot blanc à larges manches et une jupe traînante de couleur pourpre. Des petites bottes de cuir fin complétèrent sa toilette. Ainsi, elle avait l'air d'une vraie dame, elle, la pauvresse en guenilles, la fille de pêcheurs !

Son visage s'assombrit. Elle se souvint du

jour maudit où sa mère lui avait annoncé la disparition de son père. C'était six ans auparavant.

Comme les autres, le vieux n'avait pas eu le choix : mourir de faim ou mourir en mer. Et c'est ce qui lui était arrivé, à lui et à tous les autres, pendant cette terrible tempête dont aucun n'était revenu vivant.

Les femmes – elles étaient une dizaine au village – s'étaient retrouvées sans époux et sans fils.

C'était sa mère à elle qui les avait forcées à confier leurs plus jeunes enfants à des proches, puis à abandonner le village. Elle les avait ensuite guidées vers les grottes.

Elle savait qu'elles étaient devenues une proie trop facile pour les hommes du voisinage et qu'il fallait qu'elles disparaissent. Ainsi était réapparue la légende des fées des houles.

Comme des ermites, elles s'étaient retirées dans des cavernes abandonnées par les carriers, avaient fabriqué des conduits pour y amener l'eau douce, creusé des cheminées, érigé des murets et aménagé des potagers.

Elles filaient, cuisaient leur pain, pêchaient, récoltaient les coquillages sur le rivage, faisaient la lessive, et l'on voyait leur linge blanc sécher sur l'herbe des landes ou sur les rochers des grèves.

« Blanc comme le linge des fées », disaient les paysans en se signant à la vue de ces draps qui séchaient là où personne ne semblait habiter.

Quant à elle, elle qui n'avait alors que douze ans, les trois sorcières lui avaient appris les herbes qui soignent et celles qui tuent, le ciel et ses nuées, le grand fleuve et ses dangers.

Elle savait reconnaître les signes, jeter des sorts et parler aux dauphins avec lesquels elle nageait pendant des heures. Les autres disaient tout bas qu'elle était devenue plus puissante que les vieilles qui l'avaient enseignée.

Et puis, sa mère était morte. Un matin, elle l'avait trouvée, raide et pâle, sur sa mauvaise paillasse.

Alors, malgré son jeune âge, elle avait pris sa place à la tête des femmes, et elles avaient continué à vivre là, à l'écart.

Récupérant ce qui pouvait l'être quand la marée apportait les débris épars d'un navire, allant mendier auprès des moines quand l'hiver se faisait trop rude…

Et puis, IL était venu. Elle l'avait rencontré à Talmont alors qu'elle sortait du prieuré. Il était là dehors. On aurait dit qu'il l'attendait.

Le soir même, il n'était pas seulement devenu son amant, il était devenu son dieu, sa seule religion.

Elle s'était attachée à lui, non parce qu'il était un homme, mais parce qu'il était inhumain et dépourvu, comme elle, de toute pitié, de toute bonté. Qu'il lui faisait penser à ces grands poissons des abîmes qui sortaient parfois du néant pour semer l'effroi chez les habitants du bourg.

Au bout d'un an, elle avait mis au monde un enfant, un garçon. Il lui avait ordonné de le tuer, et elle l'avait fait. Ensuite, avec la bande des autres femmes, ils avaient commencé à naufrager les navires, à achever les survivants, à piller ballots et richesses ; la bonne vie, en somme.

Elle se regarda encore dans le petit miroir... Elle se sentait si fatiguée.

Soudain, elle vit son image se brouiller. À la place, il n'y avait plus qu'une sorte de buée blanche qui, peu à peu, se condensait, prenait la forme d'un crâne, d'une tête de mort. Elle poussa un cri de terreur et jeta loin d'elle le miroir.

Comme le reste de ses bijoux, de ses parures, tout cela avait appartenu à des mortes, à des noyées…

Maintenant, quand la trompe résonnait, elle n'allait plus sur la grève. Elle en avait eu son compte des hurlements d'agonie, de ces corps gonflés et mutilés qu'on mettait à nu, de ces masses de chairs fétides qu'il fallait fouailler. Même le pillage ne l'intéressait plus.

Un deuxième enfant lui était né, encore un garçon, et elle l'avait tué, comme le premier.

Il y avait eu d'autres naissances à la grotte, parce que l'Homme allait avec les autres femmes. L'une d'entre elles était morte en couches, et tous les enfants avaient été sacrifiés sans remords, chacun à leur tour.

Elle savait maintenant qu'il les avait toutes

possédées pour les mieux faire obéir, et que son seul vrai plaisir était ailleurs. Elle savait qu'il était sa fatalité.

Elle s'approcha de la petite statue qu'il lui avait offerte et la baisa sur la bouche. C'était une femme-poisson, sculptée dans du bois noir et tenant dans ses mains des tablettes couvertes d'une écriture qu'elle ne comprenait pas. Le bois était poli par les ans ou par les caresses.

« C'est une sirène, fille du fleuve Acheloüs et de la muse Calliope, elle s'appelle Lygie, lui avait-il expliqué. Dorénavant, tu t'appelleras ainsi », avait-il ajouté en lui caressant les cheveux.

Et elle avait accepté de perdre son nom, comme elle avait accepté tout ce qui venait de lui.

Sauf aujourd'hui…

34

Marchant fièrement en tête du cortège, quatre hommes portaient la Grande Goule.

Dressé sur ses courtes pattes arrière, l'énorme dragon d'osier ouvrait des ailes membraneuses et pointait vers la foule une langue écarlate. Ses yeux étaient de verre rouge et sa carcasse, cousue de grossières lanières gris-bleu, peaux de requins ou de raies, écharnées pour l'occasion.

Derrière la Goule, portant la croix, venaient le père prieur et ses moines.

Arrivaient ensuite deux cavaliers richement montés et, à quelques pas en retrait, la foule compacte des fidèles et des pèlerins.

C'était mort d'eaux et la procession s'étira sur l'étroite jetée qui reliait Talmont au Caillaud, avant de remonter vers le petit village où le prieur s'arrêtait pour bénir chaque bourrine.

Espérant glaner quelques informations, Galeran quitta le groupe des pèlerins pour s'aller placer sur le bas-côté, non loin des deux cavaliers.

L'un d'eux était un homme de petite taille, court sur pattes, le ventre en avant et le visage sanguin. Galeran devina que c'était là le seigneur de Talmont.

Il avait une allure de soudard mal dégrossi et, malgré la beauté de son harnois et de sa monture, se tenait en selle comme un rustre.

Pour l'heure, il vociférait en faisant de grands gestes en direction de son compagnon.

Celui-là l'écoutait avec un parfait détachement. Mince et vêtu avec simplicité, le gaillard devait mesurer près d'une toise. Son regard, toujours en mouvement, s'était arrêté un instant sur Galeran, puis s'était vivement détourné.

À ce que comprit le chevalier, la conversation portait sur la mort du jeune Guiot, dont le seigneur se disait très mécontent. Non que la vie d'un pêcheur le souciait vraiment, mais, affirmait-il, cela faisait désordre et il en allait de sa réputation personnelle au moment d'une grande fête religieuse.

Le visage impassible, son compagnon hochait la tête de temps en temps. Enfin, au bout d'un moment, il sembla se lasser et se pencha vers le seigneur de Talmont, lui murmurant quelques mots que Galeran ne put saisir. Ramnulphe le regarda, puis il baissa vivement la tête et se tut.

Le cortège était reparti en chantant, faisant le tour de la falaise du Caillaud, s'arrêtant à la Roche Blanche, puis aux grottes du Pallet.

Des enfants couraient devant le grand dragon d'osier, le provoquant, jetant en riant dans sa gueule ouverte des « casse-museaux » , ces petits gâteaux au fromage blanc qui avaient tant régalé Marcabru la veille.

La procession arrivait maintenant à la grève de Chandorat. Devant eux, s'étendait une jolie plage que baignaient les eaux de la Gironde.

Des mouettes s'envolèrent en criant, chassées par la foule qui descendait sur le rivage en chantant à tue-tête le *Veni Creator*.

La Grande Goule fut posée sur le sable, tandis que le silence se faisait et que tous se tournaient vers les moines et le père prieur.

Les religieux marchaient lentement vers le fleuve, suivis par quelques fidèles qui s'agenouillèrent au bord de l'eau.

Leur prieur en tête, les moines de sainte

Radegonde entrèrent dans les vagues jusqu'à la taille, et plongèrent par trois fois le pied de la grande croix dans les eaux de la Gironde, et par trois fois, ils bénirent les eaux en répétant avec force : *« Voici la croix de Notre Seigneur Jésus-Christ. Fuyez, éléments hostiles, et retirez-vous ! »*

Ils revinrent ensuite vers le rivage, psalmodiant une longue prière dont tous reprirent les paroles avec ferveur : *« Ô Dieu ! Épargne nos fils, nos pères et nos maris. Fasse que les flots soient cléments et la pêche miraculeuse. Ô Dieu, calme les tempêtes, éloigne le péril des récifs, épargne les galées, les nefs et les barques. Fasse que les flots soient cléments et la pêche miraculeuse... »*

Le chevalier se signa et détourna les yeux, détaillant lentement les visages des fidèles.

Brusquement, il fronça les sourcils en apercevant un couple insolite qui venait de s'arrêter à quelque distance de la foule.

C'étaient deux cavaliers : une svelte jeune femme blonde, vêtue à l'orientale d'un caraco rouge et d'amples braies bouffantes serrées aux chevilles, montée sur un palefoi brun bai ; à ses côtés, sur un lourd destrier caparaçonné, un colosse à demi nu, à la peau luisante et noire.

La procession allait se remettre en marche. Galeran fendit la cohue, essayant de se rapprocher du couple.

— Dieu soit avec vous, chevalier, fit une voix cordiale. C'est un beau rite que cette bénédiction, n'est-ce pas ?

Galeran se retourna. Le vieux Jehan, son guide de la veille, lui souriait.

— Je ne vous ai point vu ce matin à la grange, ajouta le vieux pèlerin.

— Je suis parti tôt, répondit distraitement le chevalier, sans quitter des yeux la cavalière et son compagnon, que le seigneur de Talmont venait de rejoindre.

Une discussion animée sembla aussitôt les opposer. Le vieux pèlerin, qui avait suivi le regard du chevalier, remarqua :

— Belle personne, n'est-ce pas ?

— Vous la connaissez ?

— Oui-da, et je ne suis point le seul ici. Difficile de passer inaperçue avec un tel gaillard à ses côtés. Vous oubliez que je suis un habitué de Talmont. Pour dire le vrai, chevalier, j'y ai même vécu une partie de mon enfance, avant que ma famille ne s'installe à Saintes.

— Qui est-elle ?

— Elle se nomme Estella de Talmont. C'est la fille du cadet de la famille.

— Ramnulphe de Talmont a donc un frère ?

— Oui-da, enfin un demi-frère, si vous préférez, et qui plus est, un frère de la main gauche, un bâtard. Le vieux seigneur de Talmont l'avait nommé Ogier. Le gamin a disparu le jour même de ses treize ans. Et puis, pendant des années, comme il arrive souvent pour les cadets, on n'en a plus entendu parler. Et voici cinq ans, il est revenu au pays, riche comme Crésus et, à mon humble avis, fou à lier !

— Fou ?

— Oui, il court sur lui de drôles de bruits, des ragots, sans doute. Beaucoup disent que c'est un enchanteur et un renégat. Il habite un domaine, au Fâ, bâti sur les restes de l'ancienne ville des Romains. Ce qui n'est pas pour plaire au père prieur. De toute façon, il ne vient jamais à Talmont, et encore moins aux offices.

— On m'a, en effet, parlé d'une tour du Fâ. Il possède donc de la terre ?

— Pour ça, oui, beaucoup, que lui a cédée le Ramnulphe qui était sans un liard, vu qu'il avait tout dépensé avec des drôlesses.

» Voyez, ils s'en vont, observa le vieil homme. La belle Estella n'aime guère la compagnie de son oncle, et pourtant, il lui tourne autour plus qu'il n'est raisonnable, tout comme le viguier d'ailleurs.

— Parce que le viguier, c'est ce grand bel homme ? dit Galeran avec un peu de dépit.

— Oui-da, un drôle, lui aussi.

Le chevalier suivait du regard le couple qui avait piqué des deux et était déjà parvenu au sommet de la falaise.

— Sommes-nous loin du domaine du Fâ ?

— Non pas, mais je vois que mon histoire a excité votre curiosité, à moins que ce ne soit la belle Estella, dit en riant le vieux.

Le chevalier ne répondit pas. Il avait la mine songeuse, et Jehan reprit :

— Si vous prenez la sente qu'ils ont suivie, vous verrez tout de suite la tour du seigneur Ogier. Bien qu'elle soit en construction, le premier étage est déjà suffisamment haut pour servir d'amer aux bateaux. On dit qu'on la voit même de l'autre rive, à Talais.

— Pourquoi dites-vous en construction ? Je croyais que c'était une ruine romaine.

— C'en était une, avant que le sire Ogier ne s'y attaque. Il paraît qu'il veut construire là une tour plus haute que le plus haut donjon de France. Ça m'étonnerait, car il lui faudrait la permission de la reine, de son demi-frère et de son suzerain, ça fait beaucoup de monde. Mais je n'en sais pas plus.

— Merci, Jehan, c'est déjà plus que je n'en demandais. À la réflexion, je crois que tant de merveilles anciennes valent bien un petit détour. Que Dieu vous garde, dit le chevalier en saluant courtoisement le pèlerin et en s'éloignant d'un bon pas, car il ressentait le besoin d'être seul.

35

Arrivé au sommet de la falaise, au lieu de suivre le chemin que lui avait indiqué le pèlerin, Galeran prit sans hésiter celui de la ferme du Caillaud.

Il alla à l'étable, sella en hâte son destrier, puis se changea et fixa sa longue épée sur l'arçon avant de sauter en selle.

Quelques instants plus tard, après avoir dépassé les bourrines des pêcheurs, il s'engagea à vive allure sur la digue menant à travers les marais vers le domaine d'Ogier de Talmont.

Au loin, devant lui, se déroulait le ruban d'une longue palissade d'où surgissait la silhouette trapue de la tour du Fâ. La chaussée surélevée qui menait au domaine était bien entretenue et devait permettre le passage de lourds chariots, qui avaient laissé là de profondes ornières.

À mesure qu'il approchait, le chevalier se rendait compte de l'ampleur de la palissade. Elle était tellement longue qu'on eût dit l'enceinte d'un bourg, et un bourg bien plus vaste que celui de Talmont !

Mais le chevalier n'était pas au bout de ses surprises.

La digue avait rejoint la terre ferme et le marais s'était brusquement arrêté devant un long quai de pierres, comme on en voit dans les ports.

Seulement là, il n'y avait point d'eau et, de loin en loin, les lourds anneaux de bronze qui pendaient au-dessus de la vase ne servaient plus à rien.

Galeran se souvint de la *Table de Peutinger*, cette étonnante carte romaine, recopiée par les soins de son père et qu'il avait étudiée pendant tant d'années. Elle faisait état d'un port dans cette région, cela lui revenait maintenant : Lamnum, oui, ce devait être ça, le port de Lamnum. Ou plutôt, c'était tout ce qu'il en restait : ce quai de pierres, que les eaux du fleuve ne venaient plus battre, et ces anneaux qui ne retenaient plus aucun bateau.

Devant Galeran, jusqu'à l'enceinte, s'étendait un champ de ruines : bâtisses éventrées, colonnes et statues brisées.

Soudain, un sentiment de malaise l'envahit, comme si quelqu'un l'observait à son insu.

Il leva les yeux vers la tour du Fâ. Elle était encore plus large et plus haute qu'il ne le pensait, mais ce n'était pas cela qui avait attiré son regard. Un éclat de lumière avait brièvement scintillé à son sommet.

Il n'eut pas le temps de réfléchir à cette mystérieuse lueur que déjà s'ouvraient lentement les deux vastes battants de la grande porte, sans que personne apparemment ne les ait repoussés.

Galeran s'était immobilisé. En face de lui, une dizaine d'archers soudanais, montés sur de robustes destriers, faisaient la haie. Au milieu d'eux, il aperçut Estella sur son palefroi et, à côté d'elle, son géant noir.

Le chevalier, se tenant à distance pour montrer ses intentions pacifiques, inclina brièvement la tête.

— Que Dieu soit avec vous, gente dame. Je me nomme Galeran de Lesneven et suis franc chevalier de Bretagne. Je voudrais, si vous me l'octroyez, saluer votre père, le noble sire Ogier de Talmont.

— Saluer mon père ? Ceci nous honore, messire, répondit brièvement la jeune fille.

— Je suis en Aquitaine sur la requête de la reine Aliénor, et je puis, si vous le voulez, vous en fournir la preuve, continua Galeran en sortant un parchemin scellé de son aumônière.

— De la part de la reine elle-même ?

— Oui, ma dame.

— Enfin, mon Dieu, enfin ! s'exclama la jeune fille en battant des mains. Vous êtes le bienvenu au Fâ. Entrez, messire, je vous prie.

Il y avait tant de bonheur dans ces exclamations que le chevalier se demanda si Aliénor lui avait tout dit sur ce seigneur du Fâ, qu'elle lui avait juste décrit comme un original pouvant éventuellement lui être utile.

— Vous autres, continuez sans moi, ordonna Estella à sa petite troupe de cavaliers qui sortit de l'enceinte.

Une fois que Galeran fut à l'intérieur, les lourdes portes se refermèrent d'elles-mêmes et il resta seul avec la jeune fille et le colosse qui attendait, impassible, à ses côtés. Suivant son regard, elle le présenta au chevalier :

— Voici Cœcilius, il est muet. C'est mon ange gardien depuis que je suis enfant.

Le géant plongea son beau regard sombre dans les yeux du chevalier, puis inclina brièvement le buste avant de reprendre sa pose de statue.

C'était un homme superbe, au torse large, à la musculature de lutteur, et Galeran songea que la jeune Estella était bien gardée.

— Suivez-moi, messire, fit la jeune fille en talonnant lègèrement sa monture.

36

À l'intérieur de l'enceinte, s'activaient des dizaines d'ouvriers, torses nus et enturbannés, qui semblaient originaires de pays orientaux. Des charrois de pierres de taille passèrent en soulevant un nuage de poussière. Quelques bâtiments en ruines avaient été restaurés et, tout en chevauchant, Estella les désignait à Galeran :

— Ça, ce sont des *horrea,* d'anciens magasins : nous y entreposons nos céréales et le foin pour les bêtes. Et là, des thermes : leur réparation n'est pas terminée, mais déjà les bassins sont pleins et l'eau y est tiède. Et là-bas, regardez, un ancien temple. Nous ne savons à qui il était dédié, car les chrétiens ont brisé les statues et effacé les noms des anciens dieux.

Au fur et à mesure qu'ils avançaient, un étrange sentiment envahissait Galeran. L'endroit lui faisait penser à un vaste cimetière, et pourtant… Il jeta un regard vers Estella. Elle était ravissante, bien campée sur son palefroi, avec ses grands yeux pers, ses cheveux blonds qui scintillaient sous sa résille de perles, et son vêtement oriental.

Il se souvint des propos de Marcabru : « Que serait le monde sans la poésie ? » Et Estella, la poésie, elle en avait à revendre ! Elle ne vivait pas dans la réalité. Là où il n'y avait plus que des ruines, elle voyait une cité florissante.

— Vous avez dû apercevoir le port en venant ? C'est magnifique, n'est-ce pas ? interrogea la jeune fille.

— Oui, en effet, fit le chevalier qui se demandait si, en plus, elle y voyait la mer et les vaisseaux depuis longtemps disparus. Mais c'est là un projet considérable, vraiment hors du commun.

— Mon père est un homme hors du commun, dit-elle avec assurance. Il reconstruit la tour, mais il ne veut s'arrêter là. Cette ville va revivre, vous savez. Elle est magnifiquement située.

D'étranges animaux paissaient paisiblement devant les ruines des thermes. Galeran les montra du doigt, hésitant à les reconnaître :

— Mais, damoiselle, dites-moi, on dirait…

— Oui, vous les avez reconnus, ce sont des chameaux. Mon père les aime beaucoup, et il ne s'en voulait séparer. Alors, nous les avons ramenés ici, tout comme d'autres animaux, vous verrez.

Galeran hocha la tête, de plus en plus interloqué. Tout ceci heurtait le bon sens. Est-ce que le seigneur du Fâ et sa fille n'étaient pas comme ces fous décrits par Démocrite, qui voient toutes choses non pas à leur taille, mais grandes et démesurées ?

— Et regardez là-bas, messire Galeran, sur la colline de la Garde. Bientôt nous allons reconstruire l'amphithéâtre. Mais nous arrivons. Cœcilius, nous te confions les montures. Nous montons voir mon père.

Galeran leva la tête, regardant la large façade de la tour qui se dressait devant eux :

— Mais c'est presque aussi haut qu'une flèche de cathédrale !

— Ce n'est que le premier étage, messire ! Nous irons plus haut que la plus haute cathédrale, vous verrez. Venez, venez, s'exclama impatiemment Estella en gravissant les degrés d'un escalier menant à une vaste salle voûtée, dont les ouvertures permettaient d'apercevoir au loin les eaux bleues du fleuve.

— Attendez-moi ici, messire, je vais voir si mon père peut vous recevoir.

Et la jeune fille disparut par une petite porte.

Le chevalier regarda autour de lui. Il y avait

là une profusion de livres et de rouleaux calligraphiés comme il en avait rarement vu. Non pas rangés, comme dans les bibliothèques des abbayes, mais en piles sur des nattes qui recouvraient le sol ou sur des tables basses. De grands paniers d'osier, emplis de parchemins, étaient disséminés dans la pièce.

Aux murs, étaient suspendues des draperies et des toiles sur lesquelles figuraient d'étranges dessins. Au milieu de la salle, trônait une colonne de bois à trois étages, surmontée d'une sorte de lanterne.

— Chevalier ! appela Estella.

Sortant de sa rêverie, Galeran se retourna avec vivacité. Il n'avait pas entendu le pas léger de la jeune fille.

Elle paraissait confuse :

— Mon père est très fatigué, fit-elle, et il ne peut vous voir maintenant. Il vous mande en grâce de revenir demain.

— Je reviendrai autant de fois qu'il vous plaira.

— Vous regardiez la tour de Pharos ? dit-elle en montrant la colonne.

— Vous voulez dire que ceci représente la merveille d'Alexandrie, le grand phare dont parle Flavius Josèphe ?

— Oui, c'est un modèle en bois réalisé par mon père. Il a vu l'original lors d'une traversée qui le menait vers Saint-Jean-d'Acre et, depuis, il a formé le dessein d'en élever un semblable et même plus haut encore.

Soudain, Galeran crut comprendre ce qu'Aliénor avait omis de lui dire et qui tenait tant à cœur à cette étrange famille.

— Construire un phare comparable à celui d'Alexandrie, ici, à l'embouchure de la Gironde, c'est là le projet de votre père ?

— Oui, messire, répondit Estella. (Et d'un ton soupçonneux, elle ajouta :) Mais comment se fait-il que la reine ne vous en ait point parlé, si c'est pour cela qu'elle vous a envoyé près de nous ?

— Elle ne l'a point voulu, se rattrapa le chevalier qui ne voulait décevoir Estella en lui disant qu'il n'était pas là pour encourager la construction du phare ou amener des deniers royaux. Elle m'a d'abord demandé de juger la navigation en Gironde et de voir votre père ensuite. (Puis il ajouta :) La reine aime agir ainsi. Ses envoyés ont alors le jugement et l'entendement plus libres.

Estella hocha la tête :

— Vous avez raison, pardonnez-moi, messire. Cœcilius va vous raccompagner. Il faut que je vous quitte, dit-elle. (Puis elle ajouta, après un court silence :) Demain, je vous attendrai, messire chevalier.

37

Aussitôt après le départ de Galeran, Estella retourna auprès de son père, dans la pièce voisine.

Ogier de Talmont était assis dans un faudesteuil, tout contre le mur mitoyen.

Il avait écouté toute la conversation grâce à un système acoustique composé d'amphores soigneusement dissimulées dans la maçonnerie.

— Père, vous avez entendu ? Comment se fait-il que la reine ne lui ait point parlé de vos projets ? Ne trouvez-vous point cela étrange ?

Ogier tourna vers elle un visage plâtreux, marqué par la fatigue. Il était enveloppé dans une houppelande doublée de fourrure et protégeait ses mains dans des mitaines de laine noire, comme s'il avait froid.

Un long soupir lui échappa, tandis qu'il répondait avec amertume :

— C'est une reine, Estella, et je ne suis que le bâtard d'une bien piètre famille…

— Mon père, ne parlez point ainsi, supplia Estella. Moi, je suis votre fille et je suis fière de vous.

— Mais peut-être cet homme a-t-il dit la vérité. Après tout, il a lu Flavius Josèphe, c'est un lettré… Je m'entretiendrai avec lui demain, et ne t'inquiète pas, mon enfant, nous n'avons besoin de personne pour mener à bien nos projets. Ma requête auprès de la reine n'était pas tant une demande de subsides et de main-d'œuvre qu'une reconnaissance pour mes travaux.

— Je sais, mon père, mais je sens tant d'hostilité autour de nous. Aujourd'hui encore, mon oncle…

— Peu importe, un jour, on verra que j'avais raison, et nous oublierons tous ces contretemps.

— Et pour ce chevalier, s'il est comme les autres ?

— Ne te fais pas tant de soucis, Estella, dit l'homme à mi-voix, je ferai en sorte que personne ne vienne troubler nos travaux… J'ai bien dit personne, tu entends.

QUATRIÈME PARTIE

« Nous sommes des nains juchés sur des épaules
de géants.
Nous voyons ainsi davantage et plus loin qu'eux,
non parce que
notre vue est plus aiguë ou notre taille plus haute,
mais parce qu'ils nous portent en l'air
et nous élèvent
de toute leur hauteur gigantesque. »

Bernard, maître de l'école épiscopale
de Chartres, de 1114 à 1119.

38

Après avoir balayé les immondices qui encombraient le sol, le gamin nettoya à grande eau les tables et les bancs. Il allait sortir quand une main se posa sur son épaule :

— Où est ton maître, petit ?

Le gamin, qui reconnaissait cette voix, se retourna en tremblant :

— J'vous ai point entendu entrer…

— Je suis comme ça moi, j'aime pas déranger. Alors, il est où ton foutu maître ?

— Il est au dépeçage, derrière la taverne, messire Dourado. J'vas vous le chercher, si vous voulez.

— Non pas, reste là, le p'tiot, t'occupe pas. Matha et moi, on va lui faire la surprise.

Une odeur de charnier se dégageait de l'appentis derrière la taverne. Sur un établi de bois, noir de sang séché, maître Gildas préparait sa viande. Un tas d'ossements et de tripailles couvert de mouches gisait à ses pieds. Sa blouse malpropre nouée autour de la taille, il tranchait de sa main valide de gros quartiers de viande, qu'il jetait ensuite dans un seau.

Écartant une carcasse pendue à un crochet, Dourado s'approcha sans bruit du tavernier et s'écria :

— Qu'est-ce qu'elle t'a fait c'te bête, le manchot ? Comment tu tailles là-dedans, et d'une main encore ! C'est fou c'que t'arrives à faire, pas vrai, Matha ?

Le manchot se retourna, son tranchoir levé.

— C'est vrai, surenchérit Matha, lui arrachant l'outil des mains et passant son ongle sur le fil. Faudrait pas te blesser avec ça. Ton tranchoir est presque aussi affûté que nos coutels, c'est dangereux, tu sais.

— Le bon jour, mes beaux sires, je vous attendais point, fit le tavernier d'une voix mal assurée. C'est-y la soif qui vous amène déjà ?

— C'est comme ça qu'on est, nous deux ! rétorqua le rouquin sans répondre. On aime arriver chez les amis quand y nous attendent pas... Parce que t'es un ami, pas vrai ?

— Que voulez-vous ? demanda brusquement le manchot.

— Nous rien, c'est le chef. Y veut te voir, fit Dourado avec une drôle de grimace.

— Mais...

— Viens, te dis-je ! Il est pas d'humeur à attendre. On cause, on cause, et après...

— Bon, bon, j'arrive. Je vais juste dire au petit qu'y garde la maison.

Quelques instants plus tard, les trois hommes

chevauchaient le long de la baie de Talmont, le tavernier en croupe derrière Matha.

L'homme surgit soudain devant eux, faisant piaffer nerveusement les chevaux.

— Vous en avez mis du temps pour me ramener ce fumier ! gronda-t-il. Il a fait des manières, ou quoi ?

— Non, il nous a suivis bien sagement, répondit le rouquin.

— Descends de là, le manchot ! On a à causer tous les deux, cria l'homme en tapant sur la cuisse de Gildas.

Le tavernier se laissa glisser à terre.

— Mais que voulez-vous de moi ? J'ai rien…

— Attends ton tour ! Écoute d'abord. Ensuite tu causeras, quand je te le dirai.

Le manchot hocha la tête en silence.

— Voilà qui est mieux, fit l'homme. Hier, tu as dit à Dourado de te débarrasser d'un gars qui te revenait pas. J'ai vu le corps, c'était un gamin.

— Il avait ses seize ans ! protesta Gildas.

— Qu'est-ce que ça veut dire ? Je t'ai pas envoyé Dourado pour qu'il s'amuse avec des puceaux, surtout en pleine fête religieuse, histoire d'attirer l'attention !

— Non, maître, mais…

— Pourquoi faire tuer ce gosse et l'arranger comme ça ? Qui était-il au juste, et que faisait-il chez toi ?

— C'était Guiot, le fils d'un pêcheur du Caillaud, et y causait avec un étranger.

— Et toi, tu fais éliminer tous les gars du Caillaud qui causent avec des étrangers ! Eh bien, t'as pas fini, mon joli. Comme si tu savais pas que les pêcheurs cherchent des pèlerins pour se faire des deniers !

— Mais non, ce que je veux dire, c'est que le gamin, j'ai entendu qu'y racontait des choses sur Talmont, sur l'ancien viguier, sur les bateaux qui remontent le fleuve…

— Ah oui ? Et qui donc cherchait à avoir des renseignements comme ça : un pèlerin ?

— Non pas, un voyageur qui vient de Bordeaux, mais après l'avoir questionné, y m'a paru un brave gars. Y m'a dit qu'y a bien des prévôts qu'auraient voulu lui mettre la main dessus. Rapport qu'il est un peu voleur sur les bords, si vous voyez ce que je veux dire.

— Je vois, fit l'homme. Dis-moi, si je me trompe, tu fais tuer le gosse, histoire de lui donner une leçon, et l'autre repart tranquille !

— Ben…

— Un homme qui pose des questions est toujours un homme dangereux. Tu nous as donné le Guiot alors que c'était l'autre qu'il nous fallait avoir !

— Mais chef, c'était rien qu'un troubadour, un va-nu-pieds…

— Un troubadour ! Il manquerait plus que ça.

— Mais pourquoi…

— Ta gueule ! Dis donc, Dourado, fit-il en se tournant vers le rouquin, tu m'as bien parlé d'un troubadour qui tournait autour de ta drôlesse, chez le Rude ?

— Si fait, un dénommé Marcabru, un grand gaillard avec une tignasse et des sourcils comme du poil de sanglier, et des mains comme des battoirs.

— C'est le nom de celui qu'est venu chez moi, et y ressemble bien à ce que tu dis, avoua le manchot.

Tandis que Gildas voyait déjà s'envoler les écus qu'il comptait tirer de Marcabru et de son fructueux commerce avec les maisons de fillettes de Londres ou de Bordeaux, l'homme s'était mis à réfléchir. Enfin, il demanda brusquement :

— Et si c'était lui, l'envoyé du Rude ? Après tout, l'idée ne serait point mauvaise : qui se méfie d'un pitre ? Au fait, où il loge, ton troubadour ?

— J'sais pas, bredouilla l'autre, mais y m'a juré de revenir ce jourd'hui à l'auberge.

— Je l'espère pour toi. Maintenant, écoute, le manchot. Dourado et Matha vont rentrer à Talmont et le chercher. Toi, tu retournes à la *Mort-Bœuf*, et si entre-temps ce ribaud se présente, tu fais prévenir mes gars. Pour le reste, on s'en charge.

— Oui, oui, fit le manchot en hochant frénétiquement la tête.

— Et puis, un dernier avertissement, vieille gouine : un bras, c'est mieux que pas du tout ! Oublie pas, ou sinon c'est moi qu'y m'occuperais de ton équarrissage !

L'homme fit signe au rouquin et à Matha :

— Bon, vous deux, portez-moi ce bon Gildas au bourg, il va se trouver mal. Et cherchez-moi ce foutu gaillard.

Et tandis que les hommes se mettaient en selle :

— Dourado, si c'est bien le Marcabru que tu as vu au château du Rude, je le veux vivant… pour l'instant. J'ai quelques questions à lui poser, après, je vous le rendrai, mes bons enfants.

39

En quittant Estella, Galeran avait eu du mal à reprendre pied dans la réalité.

À peine entrevue, la jeune fille avait fait naître en lui une sensation de vie intense, une sorte de joie sans arrière-pensée. Il la reverrait le lendemain et déjà, à cette idée, il était animé par une avide impatience.

Le bon Quolibet, qui accordait toujours son allure aux humeurs de son maître, s'était mis à galoper joyeusement sur la large jetée, faisant s'envoler au passage des nuées d'oiseaux, échassiers, mouettes grises, poules de mer…

Soudain, il ralentit. En levant les yeux, Galeran vit un cavalier qui venait vers lui. Il reconnut aussitôt la haute stature du viguier.

En arrivant à la hauteur du chevalier,

l'homme d'armes le salua rapidement et poursuivit sa route vers la demeure d'Ogier.

Sans nul doute, le viguier serait reçu par Estella et Galeran se sentit mordu par une jalousie qui acheva de le ramener à la réalité… et à son enquête.

On en était déjà au deuxième jour des fêtes de Talmont et, comme le lui avait conseillé le Rude, il devait maintenant demander audience au prieur de Sainte-Radegonde.

Il alla donc remiser Quolibet à la grange du Caillaud et se rendit à pied au prieuré.

Mais là encore, on n'était pas, semble-t-il, pressé de le recevoir. Le prieur lui fit dire qu'il souffrait d'une indisposition, mais, devant l'insistance du chevalier, on consentit enfin à le conduire de mauvaise grâce à l'infirmerie, auprès du frère hôtelier.

Ce dernier était au dortoir et aidait un frère infirmier à cautériser les blessures d'un pèlerin, qui se débattait en hurlant.

Comme beaucoup de Jacquets, celui-ci était venu pieds nus de fort loin, laissant ses plaies s'infecter. Pour éviter l'amputation, il fallait maintenant brûler les chairs putréfiées jusqu'à l'os.

Après un ultime râle de douleur, le pèlerin retomba évanoui sur sa couche.

Voyant qu'il ne serait d'aucune aide, Galeran attendit sans mot dire, observant avec intérêt les gestes sûrs des deux moines.

Bientôt, le frère hôtelier releva la tête.

— Messire ?

— Pardonnez-moi, mes frères. Je me nomme Galeran de Lesneven. Le père prieur m'a autorisé à m'entretenir avec vous, frère Raoul. Si vous pouviez m'accorder quelques instants, à moins que vous ne préfériez que je revienne à un autre moment.

— Non pas, messire Galeran. Patientez encore un peu, et je suis à vous, dit-il en appliquant sur la peau brûlée des compresses d'huile de millepertuis.

— Ta préparation est prête ? demanda-t-il à l'infirmier.

— Oui, j'ai mis de l'huile de lys, de l'huile d'olive et de la consoude fraîche. Cela devrait le soulager.

— S'il te reste un peu de pavot, donne-lui-en quand il se réveillera. À mon avis, il est tiré d'affaire. Je reviendrai le voir après l'office, dit frère Raoul en se redressant.

Puis il se tourna vers le chevalier et le dévisagea.

— Mais je me souviens de vous, messire, vous étiez au banquet hier au soir. En quoi puis-je vous être utile ?

— Seulement quelques renseignements, mon frère.

— Alors suivez-moi, dit le moine. Je vous emmène dans un endroit où nous pourrons parler tranquillement.

Quelques instants plus tard, ils étaient assis au bord de l'eau, au milieu d'un éboulis de grosses roches. Le jeune moine, relevant son froc, s'était laissé glisser jusqu'à un roc battu par les flots, et il avait fait signe au chevalier de l'y rejoindre. Là où se tenaient les deux hommes, personne ne pourrait entendre les propos qu'ils échangeraient, hormis les oiseaux du ciel et les poissons.

— Que pensez-vous de mon endroit tranquille, messire ? demanda le jeune moine.

— Il est parfait. Mais pourquoi tant de précautions ? demanda le chevalier, un peu surpris.

— Quels renseignements ai-je qui puissent intéresser un homme tel que vous ? répondit simplement le moine.

— Permettez-moi de vous retourner la question, fit Galeran. Pour m'avoir conduit en un lieu si isolé, alors que vous ne connaissez la raison de ma visite, auriez-vous, vous aussi, quelque chose à confier à un homme tel que moi ?

Un bref sourire éclaira le visage du jeune moine, puis son expression se fit grave.

— Cela se pourrait, mais pour être franc, messire, même si vous m'inspirez confiance, il me faut davantage que cela pour parler.

— Est-ce qu'un sauf-conduit de la reine Aliénor vous suffirait, frère Raoul ? dit le chevalier en sortant un parchemin de son aumônière et en le déroulant.

Le moine l'examina, mais ne le saisit pas. Il hocha la tête et dit avec gravité :

— Voir son sceau me suffit. En vérité, messire, il faut que vous sachiez qu'il se passe ici des choses graves. Comme il était de mon devoir, je m'en suis d'abord ouvert à notre prieur. Il m'a écouté, m'a dit que je divaguais, et m'a renvoyé à ma tâche et à la prière.

Le jeune moine se tut un instant, puis reprit :

— Comment vous expliquer ? Depuis que je suis arrivé à Talmont, j'ai soigné bien des malheureux, accompagné des mourants, écouté des confessions bien étranges. Mais je vais essayer de commencer par le commencement... Il faut que vous sachiez que je suis un oblat, un « donné » à Dieu, et sans doute mes parents – de pauvres hobereaux de Cozes – ont-ils bien fait, car c'est ici que j'ai compris pourquoi j'étais en ce bas monde.

» Je suis arrivé à Talmont en même temps, ou presque, que sire Ogier. Et croyez-moi, le retour d'Ogier au pays a été un événement extraordinaire. Imaginez un peu : il s'est présenté un jour aux portes de la ville, avec ses soldats soudanais, ses archers, ces drôles d'animaux qu'on nomme des chameaux, et ses coffres emplis, paraît-il, d'immenses richesses. C'était une caravane comme les gens d'ici n'en avaient jamais vu, comme si l'Orient tout entier venait à eux.

» Les deux frères de Talmont se sont retrouvés et on n'a jamais su ce qu'ils s'étaient dit. Après quoi, Ogier est parti au Fâ, s'y est installé et a commencé ses travaux. Il n'a plus jamais remis les pieds au bourg.

— Même pour les offices ?

— Oui, et les menaces de notre père prieur n'y ont rien fait. Par contre, sa fille Estella vient chaque semaine. C'est une damoiselle très fière, toujours perdue dans ses pensées.

— Quel homme est le seigneur Ramnulphe ? demanda abruptement le chevalier.

— Oh, il est plus à plaindre qu'à blâmer. Il est prisonnier de sa chair. C'est un dépravé, et les femmes le rendent fou. Cette chasse-là le perdra. J'en ai soigné plus d'une qu'il avait violentée. J'ai essayé de le raisonner, je l'ai menacé. En vain, rien n'y a fait. Il a prié, s'est confessé de ses fautes, a offert des deniers en guise de pénitence, et a continué de plus belle.

» Mais je m'égare, ce n'est pas de cela dont je voulais vous parler. Voyez-vous, la première chose qui a attiré mon attention, c'est la mort de l'ancien viguier. Un pêcheur l'a retrouvé un matin. Il était tombé de la falaise et s'était fracassé le crâne sur les rochers, un jour où il n'y avait ni vent ni tempête. Tout soudain, il a été remplacé. Et là aussi, cela m'a étonné. Le nouveau viguier est un homme, comment vous dire ? Il ressemble à un seigneur, mais en plus, il sait lire et écrire. On verrait plus un tel personnage, qui, de surcroît, parle plusieurs langues, à la cour d'un duc ou d'un prince, mais pas dans ce minuscule bourg de pêcheurs, avec un seigneur grossier et sans le sou comme Ramnulphe !

— Ramnulphe de Talmont possède pourtant, je l'ai vu ce matin à la procession, un magnifique harnois, de riches vêtements et un destrier de prix !

— Oh ça ! Ce sont des cadeaux d'Ogier.

Galeran hocha la tête sans mot dire.

— La seconde chose qui a attiré mon attention, c'est le silence des pêcheurs. Comment vous dire ? Le pays est dur, mais les gens d'ici sont des vaillants. Ils aimaient faire la fête, conter des histoires, rire, boire et manger... Mais ils sont un peu comme vos « pays » , messire. Vous savez bien, quand on vit au bord de l'eau, on voit loin et on voit même des choses que les autres hommes ne voient pas. C'est pour ça que les gars d'ici sont très religieux et qu'ils ont tendance à imaginer ce que peut être le ciel, mais aussi l'enfer et ses créatures. Seulement, depuis quelque temps, ce qui n'était que crainte ou simple méfiance est devenu, je crois bien, de la terreur.

Tenez ! Avant, on parlait des goules aux veillées, et on ne les disait point méchantes. Maintenant, les pêcheurs racontent qu'elles font disparaître les bateaux dans les profondeurs marines et n'hésitent pas à tuer les survivants de la plus terrible façon ! Alors, ils sont terrifiés. Regardez la procession d'aujourd'hui : les hommes n'étaient plus tant joyeux que la veille. Tous se disent que Guiot n'a pas été tué par un autre homme, mais par une goule, et à l'intérieur de la ville, en plus, ce qui n'est pas pour les rassurer.

— Et vous, qu'en pensez-vous ?

— Je pense qu'il y a toujours un fond de vérité dans la peur des gens, fit gravement frère Raoul. Mais je n'en sais pas plus. Avec moi, les pêcheurs sont devenus taiseux, comme on dit. Je ne suis pas né ici, c'est normal.

— Je comprends, dit le chevalier en hochant la tête.

— Ensuite, il y a eu ces gens d'armes qui sont allés au Fâ, puis sont venus voir le sire Ramnulphe, avant de disparaître comme fumée. Voilà une troupe qui est venue de Saintes. Ils étaient une vingtaine, je crois, et ont passé la nuit au château. L'un d'eux, un sergent très pieux, m'a remis une petite relique appartenant à sa famille et qu'il voulait que je fasse bénir par le prieur. Je n'ai pu la donner au père que tard le matin du lendemain, et j'ai appris qu'ils étaient déjà tous repartis. J'ai sellé un de nos mulets, comptant les rattraper bien avant Suzac. Eh bien, croyez-moi si vous voulez, je ne les ai point retrouvés ; leurs traces s'arrêtaient net, et après, plus rien. J'ai quand même poussé mon mulet jusqu'à Suzac, interrogeant des paysans, qui ne les avaient point vus passer, et je suis revenu sur mes pas, ne sachant trop que penser.

— Où s'arrêtaient leurs traces ?

— À l'entrée des bourrines des pêcheurs de Meschers.

— Et ces pêcheurs n'ont rien vu ? demanda Galeran avec étonnement.

— Ceux-là, ils ne peuvent plus rien voir, car

ils pêchent dans les pâturages du Seigneur. Ils sont tous morts dans une tempête, voilà bientôt six ans, et depuis, leur hameau est désert.

— Les pêcheurs disent que les goules entraînent les bateaux dans les abîmes, mais pourquoi ?

— Là aussi, c'est étrange, il ne reste rien de ces bateaux. Oh ! bien sûr, il y a toujours du bois, mais du bois flotté, ça veut rien dire, ça peut venir de loin. Avant, il y avait les corps des malheureux noyés auxquels on donnait sépulture chrétienne, et les pêcheurs ramassaient des choses sur les plages et les venaient faire bénir. Ce n'est plus le cas depuis bien longtemps.

Galeran hocha la tête et murmura comme pour lui-même :

— S'ils n'osent plus demander votre bénédiction, cela pourrait vouloir dire qu'ils sont complices et en savent plus long qu'ils ne l'avouent.

— Je ne veux croire à ceci, mais je crois encore moins aux goules. Du moins, pas à celles de la légende. Par contre…

Le moine hésita, et Galeran sentit qu'il y avait là quelque chose qu'il ne voulait lui confier. Il insista néanmoins :

— Par contre ?

Pour la première fois, le frère hôtelier lui parut mal à l'aise. Il secoua négativement la tête avant de poursuivre :

— J'ai perdu le fil de mes pensées, pardonnez-moi.

— Des bateaux ne partent pas en fumée, ni des hommes d'armes, et on ne tue pas un jeune gars comme Guiot sans une bonne raison. Au fait, mon frère, le connaissiez-vous ?

— Oui, un peu. Comme je connais tous les gens d'ici, pour les avoir accompagnés à un moment ou à un autre de leur vie. C'était un pêcheur à pied comme tous les hommes de sa famille. Il était du Caillaud, et c'était un garçon simple et plutôt doux de caractère, honnête même, je dirais.

Au fur et à mesure du récit, le visage du jeune chevalier s'était rembruni. Il allait poser une autre question, quand sonna la cloche de l'office des vêpres.

Frère Raoul se leva et s'excusa brièvement :

— Pardonnez-moi, mais je dois partir, messire.

— Merci, mon frère, vous m'avez été d'un grand secours, dit le chevalier en se levant à son tour. Mais avant de nous séparer, promettez-moi de prendre garde. La mort de Guiot ne me dit rien qui vaille. D'autres pourraient suivre…

— Dieu veille sur moi ! répondit avec confiance frère Raoul.

— Encore une chose ! Si vous vous rappelez quelque fait important, dit le chevalier, sachez que je peux tout entendre.

Le moine parut hésiter, puis hocha la tête sans mot dire et fit rapidement demi-tour.

40

Le chevalier regarda le religieux s'éloigner, puis il se rassit, contemplant, sans les voir, les vagues qui venaient mourir à ses pieds.

Ses traits étaient tendus, et la longue cicatrice qui barrait son front s'était creusée. Tant de questions se posaient et les réponses qu'il entrevoyait étaient si incomplètes !

Les images de ces derniers jours défilaient devant ses yeux. Il revit le cortège, précédé de l'énorme silhouette de la Grande Goule.

Pendant ces deux premiers jours, le dragon avait été porté en tête devant la Croix, symbolisant la victoire de Satan sur le monde.

Mais il fallait espérer. Demain serait le troisième jour des Rogations et le dragon, enfin soumis à Dieu, suivrait la Croix.

« Fasse le Seigneur que les jours à venir m'apportent, à moi aussi, la victoire », songea le jeune homme en sortant de son aumônière sa tablette et son stylet.

Il enfonça lentement la pointe d'os dans la cire molle. Grâce aux renseignements donnés par frère Raoul, le dessin qu'il avait en tête se complétait.

Il savait maintenant où et quand les hommes d'armes avaient disparu, et, chose étrange, c'était à peu près à la même époque, que l'ancien viguier était mort « accidentellement » .

Quant au jeune Guiot, on portait déjà son corps mutilé en terre.

La description du cadavre faite par Marcabru lui revint en mémoire. Cette façon de tuer, main et gorge tranchées, lui rappelait quelque chose, mais quoi ?

Il y avait là, il en était sûr, un indice. Un vague sourire s'esquissa sur ses lèvres, tandis qu'il agençait rapidement la mort de Guiot, l'apparition de l'étrange cavalier aux chariots dans la forêt, et ce nouveau viguier qui parlait, aux dires de frère Raoul, plusieurs langues et dialectes.

Il tenait peut-être là un fil conducteur.

Il savait aussi que Ramnulphe de Talmont touchait des deniers de son frère, avec lequel pourtant il s'était visiblement disputé, et qu'il lui vendait, par lambeaux, ses terres et son droit d'aînesse… du moins aux dires de Jehan le pèlerin.

Au fur et à mesure qu'il écrivait les noms, Galeran en reliait certains, formant un labyrinthe au dessin aussi complexe que ceux tracés sur le sol des cathédrales.

Il se souvint aussi du hurlement de terreur du naufragé anglais, du mot *sorcer,* puis, comme malgré lui, sa pensée revint au Fâ et aux traces de chariots qu'il avait remarquées sur le chemin. Bien sûr, ce pouvait être d'innocents charrois de pierres de taille pour le chantier, mais les pierres, n'y en avait-il pas à volonté dans les ruines romaines ? Il ne fallait rien négliger, d'autant que les hommes d'armes envoyés par Saldebreuil de Sanzay étaient passés au Fâ avant de se rendre à Talmont.

Et puis, cet Ogier était riche, trop riche. Était-ce dans ses coffres qu'allait se perdre l'or des bourgeois de Bordeaux et de la Hanse ?

Au reste, cet Ogier de Talmont était bien mystérieux. Qu'avait-il bien pu faire pendant toutes ces années d'Orient ? Comment s'était-il procuré cette fortune digne d'un potentat, qui lui permettait de sortir de la vase une ville romaine, de construire un phare qu'il voulait à l'image de celui d'Alexandrie ?

Et Estella... La jeune fille aux yeux pers ? Il essaya de se concentrer à nouveau, mais l'image fragile de la jeune fille s'imposa à lui avec plus d'insistance. Il soupira, regarda une dernière fois le labyrinthe, puis l'effaça soigneusement.

Quelques instants plus tard, il longeait les falaises et allait se dissimuler dans les ronciers, à quelque distance de la *Mort-Bœuf,* pour observer les allées et venues des habitués du Manchot.

41

Pendant ce temps, en ville, la fête battait son plein, comme si chacun voulait oublier le tragique événement de la veille.

On se bombardait avec les casse-museaux, on mangeait des oublies dégoulinantes de miel blond, on buvait la cervoise offerte par le seigneur de Talmont.

C'est après l'office de complies, alors que le soleil baissait à l'horizon, que les choses commencèrent à se gâter.

L'un des pêcheurs, ivre de cervoise tiède, s'en était pris à un jeune gars du Talais :

— T'as rien à faire ici, toi ! Fous-moi le camp ! dit-il en l'attrapant par sa cotte.

— J'suis venu pour la fête, c'est pas besoin de me chercher noise, répondit l'autre en se dégageant.

Aussitôt, la foule fit cercle autour des deux hommes et le plus vieux, sentant que l'auditoire était attentif, continua en bombant le torse :

— Ah ouais ! Sauf que toi, mon gars, on t'a vu tourner autour des pèlerins, au lieu de prier. Hein, vous autres ? gueula-t-il.

— Mais t'as pas ta tête, ou quoi ? protesta le jeune homme. C'est la trêve ! Tu sais ça, la trêve !

— C'est toi qui l'as rompue la trêve, charogne, et j'vas te le faire payer. D'abord, j'suis sûr que t'es un de ces ribauds de Soulac qu'a tué mon cousin Guiot.

— J'suis pas de Soulac, j'suis du Talais. Et j'ai jamais tué personne !

— De Soulac, du Talais ou du diable, c'est tout pareil, d'la racaille, qu'je vous dis. Et d'la racaille qui vient voler nos sous, boire notre vin et tourner autour de nos garces !

Un murmure approbateur parcourut les rangs des badauds. Puis le silence se fit. La foule attendait.

— Bon, j'm'en vais, j'veux point d'histoire, moi, dit le gars.

— Ah non ! tu vas pas t'en tirer comme ça ! hurla l'autre.

Un formidable coup de poing frappa le jeune homme dans le dos et l'envoya s'étaler par terre.

Les spectateurs se tenaient les côtes. Quelques gamins vicieux s'étaient emparés de caillasses qu'ils brandissaient, l'air menaçant.

Quand le jeune se releva en grognant de douleur, l'autre lui faisait face, un sourire mauvais sur les lèvres :

— En plus, t'es un vrai morveux ! Tu sais même pas te battre. Ça m'étonne pas : au Talais, y'a que vos femmes et vos mères qu'ont du tempérament. On en sait qu'que chose, nous autres. Sur le dos, elles savent y faire, les bougresses !

Les yeux du jeune homme étincelèrent de colère. Il essuya d'un geste rageur son visage souillé et s'écria :

— Milledieu ! Tu vas la fermer ! Y'a pas une fille de chez nous, même aveugle et tordue, qu'y voudrait d'un vieux suppôt comme toi ! Et vilain, avec ça, plus que le péché !

— Ah ! je suis vilain ? gronda l'autre en s'approchant.

— Ouais, et tu le seras plus encore quand tu sortiras de mes pattes, grand coïon ! À moi, les gars du Talais ! À moi ! hurla-t-il en se jetant sur son adversaire.

Le cri fut entendu, car une bande de gaillards excités fendit aussitôt la foule, bien vite submergée par ceux de Talmont. Aussitôt, tout le monde s'en mêla de bon cœur, échangeant horions et coups de pied, morsures et coups de boule. Les femmes et les enfants se jetèrent, eux aussi, au beau milieu des combattants, quand ils ne leur balançaient pas de loin des caillasses ou des seaux d'immondices pleins à ras bord.

Prévenus par les moines, les hommes de Ramnulphe accoururent rapidement sur le champ de bataille, calmant les plus excités à grands coups de plat d'épée et de gourdin, et emmenant les autres au châtelet. Frère Raoul arriva bientôt, faisant placer les éclopés sur des litières, afin de les mener rondement au prieuré.

Et la fête reprit, plus joyeuse qu'auparavant, comme lorsque, après un orage, on respire plus à l'aise. La bagarre avait éloigné l'angoisse et aiguisé l'envie de chacun de vivre et de s'étourdir.

On mit en perce d'autres tonneaux, on fit rôtir les moutons et les volailles offerts par le seigneur de Talmont, et bientôt, au son des flûtiaux et des tambourins, les premiers danseurs se rejoignirent sous le grand chêne pour caroler.

Les brasiers illuminaient la place où se pressait la foule. Des flambeaux s'allumaient aux croisements des ruelles. La nuit ne faisait que commencer.

42

Depuis que le chevalier était là, nul ne s'était présenté à la *Mort-Bœuf*. Ce qu'il ne savait point, c'est qu'en ce deuxième jour de fête, c'était Ramnulphe de Talmont qui régalait, et que plutôt que de dépenser leurs deniers chez le manchot, les habitués avaient préféré aller boire et manger aux frais du seigneur.

À la nuit venue, après un dernier regard à la triste taverne, Galeran décida de regagner l'enceinte de la ville.

Il venait à peine de passer la poterne quand il lui sembla entendre un cri étouffé. Cela venait d'une étroite ruelle sur sa droite.

Il se glissa silencieusement entre les bourrines et entendit une voix d'homme qui pestait :

— Ah ! la ribaude, elle m'a mordu. Tiens ! prends ça, garce !

— Bon Dieu, Matha, t'étais pas forcé de lui foutre une rouste ! grommela une autre voix. Allez, on l'embarque. On a assez traîné.

Le jeune homme s'approcha et dégaina sans bruit son épée. Il distinguait deux silhouettes penchées au-dessus d'une forme qui gémissait sur le sol.

— Écartez-vous de là ! cria le chevalier. Ou, par ma foi, vous n'en sortirez vivants.

Les deux hommes se redressèrent lentement et lui firent face. La venelle était sombre, mais la clarté lunaire faisait briller le fer de leurs armes.

— On n'a rien après vous, protesta l'un d'eux, un grand mal rasé aux cheveux roux, en s'avançant. Passez vot' chemin, messire, c'est une affaire de famille. On doit ramener cette drôlesse à son père, c'est tout.

— Belle famille ! rétorqua Galeran. Morgué ! Où on traite ainsi les femmes !

Les deux hommes continuaient à s'avancer vers le chevalier, s'écartant lentement l'un de l'autre. Soudain, un bref sifflement déchira l'air et le coutel de Galeran vint se planter dans la main de l'un des malfrats, qui lâcha son arme en hurlant.

— Joli coup, messire, dit calmement le rouquin. J'avais point vu vot' lame et vous savez lancer.

— Il se peut, dit froidement le chevalier, que je vous réserve quelque chose de plus saignant. Alors, vous vous tirez de là ?

L'homme, qui était tombé à genoux, arracha le coutel de sa main ensanglantée.

Son compère le regardait faire, puis, tout en l'aidant à se relever, déclara :

— On s'en va, messire ! Mais je vous préviens, c'est pour vot' malheur. Cette drôlesse-là, c'est une folle !

Et il entraîna le blessé vers l'obscurité d'une venelle, où ils disparurent. Attentif, le chevalier écouta le bruit de leurs pas décroître. Quand il n'entendit plus que les lointains échos de la fête, il se pencha pour ramasser son coutel et, apercevant celui que l'homme avait laissé tomber, le glissa dans sa ceinture.

Puis il s'approcha de la femme, qui gisait toujours sur le sol. Elle avait la tête enfouie dans un grossier sac de toile que Galeran ôta aussitôt. Ensuite, il redressa la malheureuse et l'appuya contre un mur.

L'inconnue respirait en gémissant par saccades, ses longs cheveux noirs défaits sur ses épaules, les yeux clos et les narines pincées. Enfin, elle toussa longuement, puis ouvrit les yeux, le fixant sans mot dire.

— Du calme ! murmura le chevalier en essuyant avec douceur son visage. Vous n'avez plus rien à craindre, ils sont partis, damoiselle.

— C'est vous ! dit-elle d'une voix rauque. Vous êtes là.

Malgré la richesse de son habillement – elle portait bottines de cuir et surcot de dentelles –, l'inconnue ne semblait point fille de seigneur ni de riche bourgeois.

Peut-être n'était-elle, comme l'avaient prétendu les deux malfrats, qu'une de ces drôlesses qui hantent les foires et les grandes fêtes, ne songeant qu'à tirer profit des ivrognes et à dépouiller dans les coins sombres des amants de passage.

— Nous ne nous connaissons pas encore, gente damoiselle, dit calmement le chevalier, je me nomme Galeran de Lesneven.

Elle insista :

— Je savais que vous viendriez.

— Vous êtes la deuxième personne à me dire ça en peu de temps, sourit Galeran.

— C'est vrai, je le savais.

— Allons venez, appuyez-vous sur moi. Il faut nous en aller, et je vais vous raccompagner chez vous.

— Non ! fit-elle, essayant de se dégager. Je ne veux pas.

Il l'attrapa fermement par la taille et la souleva de terre :

— Écoutez-moi ! Il ne faut pas rester ici. Ceux de tout à l'heure, quels qu'ils soient, pourraient revenir en nombre. Allons au moins vers la place, au milieu de la fête. Vous m'expliquerez de quoi il retourne et ce que voulaient ces hommes, et ensuite, je vous conduirai où vous voudrez, je vous en fais promesse.

La fille acquiesça d'un signe de tête et, quelques instants plus tard, ils étaient assis sur une souche, non loin du grand chêne. La foule en liesse était si dense autour d'eux qu'on ne pouvait rêver endroit plus sûr pour s'entretenir.

— Bien, dit Galeran, et si maintenant vous me disiez qui vous êtes et ce que vous craignez ?

Les flammes d'un grand bûcher éclairaient le visage en sueur de l'inconnue, faisant ressortir sa pâleur et l'éclat fiévreux de son regard.

— Je m'appelle Lygie, dit-elle en glissant nerveusement ses mains dans ses longues manches.

— Comme la sirène, la fille de Calliope ?

Elle hocha la tête sans répondre.

Le regard du chevalier glissa de son opulente chevelure aux cernes bleuâtres qui entouraient ses yeux et à son visage tuméfié. Elle avait l'air exténuée. Galeran lui demanda avec douceur :

— Que voulaient ces hommes, damoiselle Lygie ?

— Me ramener d'où je viens. J'ai désobéi…

— Ils m'ont dit qu'ils devaient vous conduire auprès de votre père, c'est vrai ce mensonge ?

Elle eut un ricanement :

— Mon père ! Non, messire chevalier, ce n'est pas vers mon père qu'ils me ramenaient. C'est vers l'homme auquel j'appartiens…

— Expliquez-vous.

— D'abord, savez-vous qui je suis ?

— Non, damoiselle, je ne le sais, répondit le jeune homme, et si vous souhaitez que je vous aide, il faudrait m'en dire davantage.

— Je suis une goule. Vous ne comprenez pas, la dernière des goules ! dit-elle d'une voix grave.

— Je n'ai vu comme goule que celle en osier que les gens portent en triomphe. Et vous n'y ressemblez guère, dit Galeran, essayant de masquer le trouble qui l'envahissait au contact de l'étrange créature.

Elle sortit les mains de sa cotte et les montra au chevalier.

— Regardez mes mains ! En avez-vous déjà vu de pareilles ? dit-elle en écartant les doigts.

Le chevalier ne put s'empêcher de sursauter. La jeune fille avait les doigts palmés, comme certains animaux marins qu'il avait vus sur les rivages bretons.

— C'est le signe de ma race, dit-elle. Et je suis la dernière. Ma mère était ainsi, et sa mère avant elle. J'ai le pouvoir, messire. Tous ici le savent et me craignent !

Elle se tut, puis, attrapant le poignet du chevalier, elle le serra dans ses doigts avec une force surprenante :

— Me croyez-vous ?

Ne sachant que penser, Galeran la regardait sans dire mot. Était-ce là le genre de boniments qu'elle employait pour exciter la lubricité de ses clients et les entraîner à l'écart des ruelles, où on les retrouvait au matin, un coutel planté entre les deux épaules ?

— Vous connaissiez le jeune Guiot ? demanda-t-il brusquement.

Elle tourna vers lui son étrange regard de basilic :

— Le gars qu'on a tué ? fit-elle. À quoi bon vous répondre, puisque vous ne croyez point ce que je vous dis. Je le lis dans vos yeux. Ils sont durs et ils me condamnent.

Le chevalier l'écoutait d'un air particulièrement attentif. Enfin, il dit calmement :

— Je suis là pour faire justice, Lygie, et protéger les innocents et ceux qui sont sans défense. J'en ai fait le serment sur le saint autel, et le Seigneur Dieu y pourvoit. Alors, Lygie, ayez confiance, parlez, dites-moi ce que vous savez et, foi de chevalier, il ne vous sera fait aucun mal, ni en ce monde ni dans l'autre.

La jeune femme fit entendre une sorte de rugissement, puis se mit à grincer des dents, tout en psalmodiant :

— Je ne sais rien, je ne sais rien, je ne sais rien… (Enfin, elle se tut et dit d'un air résigné :) Le Mal, il est pour moi en ce monde et dans l'autre, et vous n'y pouvez rien !

Le chevalier savait reconnaître l'absolu désespoir, lui qui n'avait jamais pu oublier une certaine créature[1] qui avait fini pendue à une branche, un jour de grande peur… Il mit avec douceur la main sur le front brûlant de la jeune femme :

— Ne crains point, Lygie, tu n'es pas maudite, je le sais.

Et ils restèrent là sans parler, à regarder passer les gens qui couraient en tout sens autour d'eux.

Quelque chose ou quelqu'un dans la foule attira soudain l'attention de la jeune femme, qui poussa un petit cri étouffé.

1 Voir *Bleu sang.*

Avant que le chevalier ait pu faire un geste pour la retenir, elle s'était levée et avait disparu comme une ombre. Il regarda autour de lui, cherchant ce qui avait pu effrayer la jeune femme, mais ne vit rien d'autre que la populace qui se pressait autour d'eux.

Une petite vieille édentée, qui mangeait en bavant un casse-museau, vint s'installer près de Galeran.

Elle poussa un gros soupir :

— On a grand beau temps c'te nuit, mais ça va pas durer, que j'crois. Les bêtes sont en folie, ajouta-t-elle en montrant les nuées d'insectes nocturnes qui entouraient d'un halo les torches plantées non loin de là.

Le chevalier se contenta de hocher la tête en signe d'approbation.

— Elle vous causait, la goule ? reprit la vieille après un court silence.

— Pourquoi l'appelez-vous la goule ? dit Galeran en se tournant vers elle.

— Parce que c'en est une, tiens ! J'l'ai vue quand elle est née, elle avait des pattes comme une grenouille... Tiens, regardez un peu, là-bas : elle est avec sa bande !

De loin, il aperçut Lygie, entourée maintenant de plusieurs femmes en guenilles dont les gens s'écartaient avec dégoût.

— Qui sont-elles ? demanda le chevalier.

La vieille se signa :

— Dieu les a maudites, dit-elle. Ça fait bien longtemps. On sait pas trop où elles nichent –

peut-être bien dans les grottes –, mais nous, on s'en occupe pas, on les laisse tranquilles.

— Ce sont des ermites ? fit Galeran.

— Des ermites du diable alors, dit la vieille en se signant à nouveau, surtout celle qu'était avec vous et qu'est bien nippée. Elle jette des sorts, elle a des pouvoirs… Et puis, elle connaît les herbes. Un jour, des gars d'ici ont voulu s'en prendre à ces ribaudes. J'peux vous dire que quand y sont revenus, y z'étaient pas beaux à voir, une vraie volée qu'ils avaient prise…

Pendant qu'elle parlait, un vieux bonhomme était venu se planter devant elle :

— Alors, la mère, tu viens la danser cette brelinde ?

— Toi, mon gars, tu changeras jamais ! dit la vieille en se mettant sur pied.

Puis elle partit au bras de son galant, en tanguant comme une ivrognesse.

Et le chevalier demeura seul, en proie à la perplexité.

Cette fois, Lygie et sa bande avaient bel et bien disparu.

Galeran avait entendu parler de ces communautés de femmes, ces confréries de la jupe au vent, comme on disait. Mais elles vivaient dans les villes, dans les grands ports surtout ; ou encore, elles suivaient les armées, là où elles pouvaient se livrer sans vergogne à la prostitution, au vol à la tire, au pillage et au détroussage des blessés et des morts.

Ces filles perdues faisaient elle-même leur

police. Quelques groupes, cependant, tombaient parfois sous la coupe de quelque obscur souteneur ou trafiquant. N'importe comment, le destin de ces malheureuses était tout tracé : quand elles ne pouvaient plus graisser la patte à la maréchaussée, le gibet les attendait.

Le chevalier sursauta, arraché à ses sombres réflexions, en voyant Jehan qui venait vers lui. À l'autre bout de la place, le seigneur de Talmont et le viguier fendaient la foule pour aller s'asseoir aux places d'honneur, au milieu des hommes d'armes.

— Le bonjour, messire, dit le pèlerin en saluant le chevalier. Je voulais vous faire mes adieux, car nous partons demain. La route est encore longue jusqu'à Compostelle.

— Salut à vous, Jehan, répondit distraitement le chevalier.

— Je n'ai point vu votre ami le troubadour ce jourd'hui, vous le saluerez de notre part à tous. C'est un joyeux compagnon que vous avez là, et je vous l'envie.

Galeran sembla enfin sortir de sa rêverie. Il regarda plus attentivement le vieux pèlerin :

— Pardonnez-moi, Jehan, mais vous dites n'avoir point vu Marcabru ? C'est étrange, moi non plus.

— Non, il n'a point chanté ni joué sur la place ce jourd'hui, comme hier. Nous sommes partis ensemble de la grange ce matin, et nous ne l'avons plus revu ensuite. D'autant qu'il nous avait promis de nous rejoindre pour nous apprendre un ancien chant de marche galicien.

— Cela ne lui ressemble guère, mais peut-être, le connaissant, a-t-il été retenu par quelque bonne fortune. C'est une chose qu'en poète de l'humaine nature, il ne sait refuser. Si je le vois, je le saluerai de votre part, et que Dieu vous conduise tous sains et saufs jusqu'au *Finis terrae,* Jehan.

Matines venait de sonner quand le chevalier s'en retourna coucher. Tout à ses pensées, il ne remarqua pas l'ombre qui le suivait sans bruit jusqu'au Caillaud, avant de disparaître dans l'obscurité.

43

Après avoir rapidement déjeuné et s'être lavé et rasé à l'eau glacée, le chevalier examina le coutel de son agresseur de la veille.

Ce n'était pas une arme de prix, c'était bien là celle d'un mercenaire. La poignée était entourée d'une grossière bande de cuir. La lame, par contre, lui parlait davantage. Bien qu'elle ne soit point d'un excellent métal, elle était longue et très fine. Les forgerons francs n'en faisaient point de pareilles : il tenait là, à n'en pas douter, une lame espagnole ou italienne.

« Quoi que je fasse, songea-t-il en se levant,

cette énigme m'emmène bien loin du royaume d'Aquitaine. Me faudra-t-il donc en chercher l'origine dans les ports de Venise, de Gênes, ou bien plus au large, dans ceux des riches royaumes d'Orient ? »

Galeran secoua la tête avec mécontentement. Non, il ne fallait pas aller si loin : c'était ici, à Talmont, il en était sûr maintenant, que tout se tramait.

Et puis il y avait Marcabru. Le troubadour n'était toujours pas rentré, et son absence commençait à inquiéter sérieusement le jeune homme.

Le visage soucieux, il alla seller son fidèle Quolibet, sauta en selle et prit la direction du domaine du Fâ, où l'attendaient le seigneur de Talmont et sa fille, Estella.

44

Montant à cru un des petits chevaux arabes, un des guerriers soudanais se tenait devant le portail et le mena jusqu'à la tour.

D'étage en étage, ils se retrouvèrent bientôt dans une grande salle ronde au plafond voûté.

Deux larges fenêtres dépourvues de vantaux et un oculus, percé au-dessus de leurs têtes, laissaient entrer des flots de lumière.

Galeran remarqua, là encore, les lourdes étagères emplies d'innombrables ouvrages, des gabarits d'architecte suspendus aux murs et, sur de longues tables, le scintillement d'insolites sculptures de métal et de verre.

Le Soudanais s'alla placer, immobile et muet, derrière son maître.

Ogier de Talmont était assis sur une chaise cathèdre et, tel un prince de sang, regardait sans broncher le chevalier qui s'avançait vers lui et s'arrêtait à quelques pas. Ils restèrent ainsi un moment, à s'observer sans mot dire.

L'apparence d'Ogier contrastait de manière frappante avec celle de son demi-frère. Tout comme sa fille et ses gens, il était vêtu à l'orientale. De grande stature, il se drapait frileusement dans une ample robe de soie pourpre, doublée de vair. Ses mains, gantées de mitaines noires, jouaient avec une lourde chaîne d'or, sertie d'émaux précieux.

Pourtant, ce n'était pas ce faste qui intrigua le plus Galeran, mais bien le regard fiévreux que son hôte posait sur lui.

Le seigneur du Fâ sortit enfin de son immobilité et lui fit signe de s'asseoir.

Galeran s'inclina brièvement :

— Je resterai debout, messire, si vous le permettez. Je vous sais gré de me recevoir. Damoiselle Estella m'a dit combien vos travaux vous absorbaient…

— Oui, oui, le coupa Ogier. Allons au fait, voulez-vous ? La reine Aliénor vous envoie, c'est bien, mais cela vient bien tard. J'attends ce geste depuis trop longtemps. Enfin... c'est une reine. Quel est votre nom, déjà, chevalier?

— Galeran de Lesneven, messire.

— Connaissez-vous, messire Galeran, le nom de Sostrate de Cnide ?

Le chevalier fronça les sourcils :

— N'est-ce point là le nom de l'architecte du Pharos d'Alexandrie ?

— Si fait, messire, c'est bien cela, répondit Ogier. Et que savez-vous du phare de Sostrate?

— Bien peu de choses, à vrai dire. Qu'il est fait de marbre blanc, qu'il ne mesure pas moins de 400 pieds, et que la flamme qui brûle à son sommet toutes les nuits suffit à guider de fort loin les bateaux jusqu'au *Magnus Portus* d'Alexandrie. Il est composé de trois étages, le premier rectangulaire, le second hexagonal et le dernier cylindrique. Et enfin, d'après un poème de Poseidippos de Pella, il est couronné d'une statue de Zeus.

— Pourquoi ces trois formes, messire ? demanda Ogier en scrutant plus attentivement les traits de son jeune interlocuteur.

— La correspondance avec le temple céleste, répondit Galeran. Arès pourrait être la base du Pharos, avec le rectangle ; Cronos son second étage, l'hexagone ; le dernier représentant les principes cosmiques…

Un sourire satisfait erra sur les lèvres minces d'Ogier :

— Je comprends mieux que la reine n'ait point voulu vous parler de mon « grand œuvre » , chevalier, ce n'était pas nécessaire. Venez, suivez-moi, ajouta-t-il en se dirigeant vers l'une des hautes fenêtres.

Il y avait là un étrange et épais vitrail, translucide comme de la glace, maintenu par un lourd cerclage de bronze et attaché au plafond par un système de chaînes et de poulies.

Intrigué, le chevalier s'approcha.

— En fait, dit Ogier en suivant son regard, il n'y a pas un verre, mais plusieurs, agencés d'une façon bien précise.

Sur un signe de son maître, le guerrier, qui avait assisté sans mot dire à leur entretien, manœuvra un levier et fit glisser l'étrange engin au bord de la fenêtre.

— « La lumière est la vérité du monde » , et je vais vous le prouver, messire ! L'étude de l'optique nous donnera bientôt, j'en suis sûr, la clé du monde physique. J'ai appelé ce merveilleux vitrail le « miroir de Virgile », et savez-vous pourquoi ?

— Bien que l'explication me paraisse fantastique, je crois le deviner, répondit le chevalier, non sans une certaine excitation.

— Continuez, messire !

— Le « Château miroir » de Virgile ! La légende raconte qu'il a utilisé un miroir magique pour suivre de fort loin les mouvements des troupes ennemies… Cet engin vous permettrait donc…

Le sire de Talmont frotta ses deux mains l'une contre l'autre, d'un air enjoué.

— Approchez-vous, vous l'avez mérité, mon cher, et regardez. Moïse va l'incliner vers le bas.

Galeran obéit et sursauta. Devant lui, surgit l'image d'une statue de marbre entourée d'ouvriers, puis s'interposa la silhouette fine d'Estella, vêtue d'une tunique et d'un sarouel rouge.

Le chevalier recula en secouant la tête :

— Ce n'est pas possible, comment faites-vous cela ? C'est tout simplement extraordinaire !

Il se glissa devant l'appareil et se pencha par la fenêtre. En dessous de lui, s'agitaient de minuscules fourmis humaines, dont l'une était juste reconnaissable au rouge vif de son habit.

— Mais, bien sûr ! dit-il en revenant vers Ogier de Talmont. C'était cela cette impression que j'ai eue hier ! Vous m'observiez et vous m'avez vu arriver et de fort loin, n'est-ce pas ?

— Oui, je vois plus loin que les autres hommes, dit en souriant Ogier, mais venez, venez, chevalier ! J'ai bien d'autres merveilles à vous montrer, dit-il en entraînant Galeran vers une des tables au centre de la pièce.

— Tenez ! prenez ceci, par exemple, dit Ogier en montrant une grande plaque de verre, renflée en son centre. C'est un verre « ardent », messire. Grâce à lui, si je le voulais, je pourrais embraser, sans bouger d'ici, la lande ou un navire dans l'estuaire. Et ce n'est pas tout. Ce que je vais vous montrer, nul ne l'a jamais vu encore. Suivez-moi.

Ogier entraîna le chevalier vers un escalier en spirale, ouvrit une trappe, et ils se retrouvèrent au sommet de la tour. À quelque cent quatre-vingts pieds au-dessus du sol.

Sur la terrasse, travaillaient une quinzaine d'ouvriers qui bâtissaient le second étage. De là, la vue était extraordinairement étendue et le regard s'envolait par-dessus le Médoc, jusqu'à l'infini de l'Océan.

— Avec le « miroir de Virgile », vous pourriez voir Talais et Soulac, et jusqu'à la tourelle de Cordoue, s'écria Ogier avec enthousiasme.

— Et les bateaux qui passent la Porte Océane… ajouta doucement le chevalier.

— Oui, vous pourriez voir tout cela, répondit l'autre sans remarquer le changement de ton du jeune homme. N'est-ce pas magnifique ?

— Vous êtes un homme comme il y en a peu, messire Ogier !

— Sans doute, dit le seigneur du Fâ, non sans amertume. Et personne, sauf ma fille et vous peut-être, que je ne connais point, ne comprend l'importance de mes travaux. J'ai fait état de mes projets à la reine, voici deux ans, et pour tout vous dire, je crois bien qu'elle n'y a rien compris. Oh ! je ne demandais pourtant pas grand-chose : des moines pour m'aider à recopier mes travaux, les lumières d'un ou deux hommes de ma connaissance, qu'un mot d'Aliénor aurait suffi à convaincre de venir me rejoindre…

— Et des deniers, j'imagine. Un tel chantier, une telle œuvre doivent coûter une fortune.

— Non, pas d'argent, répondit Ogier. J'ai rapporté d'Orient de quoi remplir les coffres d'un royaume plus vaste que celui d'Aliénor.

— Alors que tant d'hommes ne ramènent que la chainse qu'ils portent sur le dos.

— Oh, chevalier, ne vous méprenez pas sur mon compte. Je n'ai rançonné que des émirs sans scrupules et des gens sans foi.

Sentant son hôte prêt aux confidences, Galeran demanda :

— On m'a dit que vous étiez parti d'ici à l'âge de treize ans ?

— C'est vrai. Je me suis embarqué sur une galée vénitienne qui commerçait avec Byzance. J'ai été fait prisonnier par les infidèles et vendu comme esclave. Je me suis enfui et j'ai appris tous les métiers. J'ai parcouru l'Orient du levant au couchant. J'ai vu le Pharos d'Alexandrie, hélas déjà bien ébranlé, car là-bas, la terre est instable et tremble fréquemment. Je suis même l'un des seuls Francs à avoir approché Hassan as-Sabbah avant sa mort, et à l'avoir quitté indemme.

— Le Vieux de la montagne ? Celui qui a fait assassiner Ibn al-Khachab et tant d'autres, le maître de la forteresse d'Alamout ?

— N'oubliez pas, c'était aussi le compagnon de jeunesse du grand poète et mathématicien Omar al-Khayyam. Il était lui-même grand astronome et fin politique, messire Galeran.

— C'était surtout quelqu'un qui utilisait l'assassinat à des fins politiques.

— D'autres l'ont fait avant lui, et c'est avec le sang qu'on écrit l'histoire, mon jeune ami. Enfin, peu importe, il est mort paraît-il, l'année où je l'ai vu, en 1124. J'étais encore bien jeune, alors.

— Ce qui n'a pas empêché sa secte, poursuivit Galeran, de continuer à perpétrer ses horribles crimes.

— Qui ont bien arrangé les Francs, messire Galeran, dit Ogier avec un sourire. Grâce à eux, la ville d'Alep s'est courbée devant Bohémond de Tarente, et les Francs se sont rendus maîtres de la Syrie tout entière.

— C'est une vision bien surprenante que la vôtre, messire Ogier. Et où donc étiez-vous, en ces temps troublés ?

— Par monts et par vaux, messire. Comme je vous l'ai dit, j'ai beaucoup voyagé. Puis j'ai épousé celle qui est devenue la mère d'Estella. Quand elle est morte, je n'avais plus aucune raison de rester là-bas. Mais en fait, c'est surtout à cause de ma fille que je suis revenu au pays. Je voulais qu'elle voie l'endroit où je suis né et dont la misère m'avait chassé en mon jeune âge. Depuis, elle a grandi si vite et son intelligence est si brillante qu'elle s'est jointe à mes travaux.

— Elle vous seconde en tout ? demanda le chevalier.

— Absolument. Elle est devenue, si je puis dire, mon compagnon d'études ! Le « verre ardent » est sa découverte, vous savez, dit fièrement Ogier.

— Tout comme Virgile, « *ille poeta famosissimus* », sans doute êtes-vous trop en avance pour votre temps, messire ?

— Peu importe, si je peux parfois convaincre des hommes tels que vous. Bientôt, chevalier, nous pourrons contempler de nos yeux – vous entendez, de nos yeux – la lune et le soleil comme si nous y étions. C'est à cela que je travaille, car ce Pharos, non content de me permettre de guider les bateaux, guidera les hommes vers un plus grand savoir. Je reconstruirai jusqu'à la bibliothèque d'Alexandrie, ici au Fâ, je montrerai au monde…

La voix d'Ogier s'éteignit tout à coup. Il se plia en deux et s'écroula sur le sol, sans connaissance.

Avant que Galeran ait pu faire un geste, le serviteur soudanais s'était précipité, avait soulevé son maître comme s'il s'agissait d'un enfant, et fait signe au chevalier de ne pas bouger, avant de disparaître avec son fardeau dans l'escalier de la tour.

Les ouvriers n'avaient point interrompu pour autant leur ouvrage, comme s'ils étaient habitués à ce genre de scène.

Et Galeran, les yeux au loin, demeurait là, abasourdi, tant sa mission lui apparaissait tout à coup sous un jour inattendu.

En un mot, la fabuleuse richesse d'Ogier n'était rien, songeait-il, à côté de son savoir et des mécaniques subtiles qu'il avait inventées et qui constituaient un arsenal redoutable.

Ce que le chevalier venait de voir représentait un pouvoir considérable, concentré dans les mains d'un seul homme. Mais qui était réellement cet homme ? Là, les questions étaient encore plus inquiétantes, car tout savant qu'il était, le seigneur du Fâ semblait totalement dépourvu de conscience morale. De son propre aveu, il avait fréquenté la secte criminelle des fumeurs de haschisch, et s'était montré peu regardant sur sa façon de faire fortune.

Le chevalier eut un sourire.

Par contre, quand il méprisait l'intelligence d'Aliénor, il se trompait sacrément. Si la reine ne s'y entendait pas en sciences mécaniques, elle ne manquait pas de finesse politique, au point d'accéder aux demandes d'Ogier. De plus, elle avait dû découvrir tout de suite le point faible : son immense vanité de savant et de physicien, qui n'était pas sans rappeler celle du grand Archimède.

Aliénor avait prévu que les vastes connaissances d'un lettré comme Galeran lui ouvriraient plus sûrement les portes du Fâ que toute une armée. Et le jeune homme comprenait mieux maintenant son insistance.

« Au fond, songea-t-il avec amusement, je ne suis qu'un pion dans le jeu de la reine, un chevalier qu'elle a avancé sur son échiquier… et qui doit s'emparer d'une tour ! »

45

— Messire ! Messire Galeran !

La voix douce d'Estella fit sursauter le jeune homme.

— Pardonnez-moi, damoiselle, comment va-t-il ?

— Mieux, ce n'est rien que beaucoup de fatigue accumulée. Il travaille trop, et puis les fièvres du marais le rongent… mais il a déjà repris connaissance.

Le chevalier éprouvait devant la jeune fille le même sentiment d'admiration que la veille. Seulement cette admiration n'était plus dépourvue d'arrière-pensées, tandis qu'il tentait d'analyser les particularités de son beau visage.

Son front haut et bombé, son petit menton volontaire, ses yeux pers aux larges et lumineuses prunelles, cette impression de vie intense qui animait toute sa menue personne, enfin, le subjuguaient.

— Mon père m'a dit combien il avait apprécié votre visite, messire. Il m'a dit que, si vous vouliez vous joindre à nous pour quelque temps, il serait heureux de vous avoir pour hôte au Fâ.

— J'en serais très honoré, damoiselle, mais pas pour l'heure, vous lui direz mes regrets.

Elle pencha son visage vers le sien :

— Savez-vous, chevalier, que vous êtes

presque aussi secret que les Orientaux, chez qui j'ai été élevée ?

— Faut-il prendre cela pour un compliment, damoiselle ?

— Pouvez-vous me dire pourquoi Aliénor a envoyé vers nous un homme de guerre qui est aussi savant qu'un clerc ?

— Vous l'avez dit, damoiselle, sans doute parce que je suis plus clerc qu'homme de guerre.

« Tiens, voilà bien une bataille de dames ! songea avec amusement le chevalier. La petite me paraît plus rusée que son père. Quant à me retenir ici, l'idée viendrait d'elle que cela ne m'étonnerait pas. Nous verrons bien. »

Cependant, la jeune fille insistait :

— Pour tout vous dire, chevalier, et vous me pardonnerez mon franc-parler, je ne partage pas l'enthousiasme de mon père à votre endroit. J'ai l'impression que vous nous cachez quelque chose.

— C'est vrai, lâcha le chevalier.

— Que dites-vous ?

— Je dis simplement, c'est vrai ! Je vous cache quelque chose.

— Expliquez-vous !

— Je vous cache mon admiration, damoiselle. Car qui pourrait voir les inventions de votre père sans en être profondément troublé ?

Un soupir échappa à Estella, qui reprit plus calmement :

— Vous avez raison, chevalier, je suis tellement proche de mon père que j'en oublie la dimension de ses travaux.

— Il m'a dit que vous l'aidiez en tout ?

— Oh, j'essaye. Mais il y a tant de domaines que je ne connais encore.

Le chevalier se tourna vers le parapet et montra la Gironde :

— De là où nous nous tenons, nous voyons toute la côte, n'est-ce pas ?

— Oui, dit Estella en s'accoudant au parapet à côté du chevalier.

— Avec le « miroir de Virgile », nous verrions même plus que cela ?

— Que voulez-vous dire, chevalier ?

— À Talmont, on m'a raconté que de nombreux bateaux disparaissaient corps et biens, au large de cette côte. Je me demandais si vous le saviez, et surtout si vous aviez vu quelque chose avec vos instruments ?

La jeune fille réfléchit un instant et répondit d'un air détaché :

— Non, je n'ai rien vu de tel, messire. Mais d'après mon père, il y a toujours eu des naufrages par ici, surtout la nuit. Et la nuit, je vous l'avoue, je suis rarement au sommet de cette tour, à surveiller la côte. Vous savez, si mon père construit ce Pharos, c'est par philantropie, surtout pour guider les navires et éviter que se produisent de tels drames.

— Sans doute, fit le chevalier sans insister. Vous me parliez de vos travaux, damoiselle.

— Oh, oui ! je prépare un commentaire de la

physique d'Aristote. Vous plairait-il d'en lire quelques pages et de me donner votre avis ?

— Cela serait avec grand plaisir…

— Restez un peu avec nous, chevalier, fit Estella. Ici, hormis avec mon père, les occasions de parler sont pour moi si rares…

Le chevalier sourit :

— Vous n'avez point d'amis à Talmont ? dit-il gentiment.

— Qui voulez-vous que j'aie comme ami, Ramnulphe de Talmont ?

— Vous êtes pourtant liés par le sang.

— Je préférerais être liée à un sanglier ou à un loup, répliqua la jeune fille avec violence. De toutes façons, mon père ne le voit plus que pour ses affaires.

— Et son viguier, il m'a l'air d'un homme plutôt raffiné et instruit ?

Elle baissa les yeux, subitement gênée.

— Il ne me convient pas, à moi. Je préfère la compagnie de mes animaux à la sienne.

— Personne ne vient donc jamais ici ?

— Si, parfois, dit-elle en haussant ses frêles épaules.

— Une femme savante et belle comme vous l'êtes serait plus à sa place auprès d'une reine, dit le chevalier.

— À la cour, avec ce sombre Louis le moine et tous ces fantoches qui ne savent que courber l'échine ? s'emporta Estella. Ah ! ça non, je préfère encore la solitude et continuer mes travaux en paix. Mais vous ? Parlez-moi donc de vous, chevalier.

— Oh ! il n'y a pas grand-chose à dire. Je suis né chevalier errant. Même si parfois je retourne vers les hommes, il n'est rien que je préfère à ma liberté.

— Et c'est vous qui me conseillez de me rendre à la cour ! s'exclama la jeune fille. Vous voyez bien que j'ai raison. Mon père m'a dit d'ailleurs que vous en connaissiez bien plus que vous ne l'avouez.

— Oh ! j'ai eu seulement la chance de visiter de riches bibliothèques et de côtoyer des maîtres, mais mon savoir n'est rien à côté de mon ignorance, damoiselle.

— Et en plus, vous n'êtes point fat ! se moqua gentiment la jeune fille.

— Il me faut vous laisser, maintenant, fit le chevalier.

— Ne soyez pas fâché. Excusez une pauvre fille qui a été élevée en Orient et à qui son père a laissé trop de liberté !

— Il a fait de vous une femme qui ne ressemble à aucune autre, dit le chevalier en la fixant.

Le visage de la jeune fille s'empourpra :

— C'est moi qui vais me fâcher… (Puis elle reprit :) Vous ne voulez vraiment point séjourner ici ? Ne me dites pas que vous avez déjà en tête le rapport que vous ferez à la reine, et que vous ne reviendrez pas !

— Vous y tenez, damoiselle ?

— Il faut absolument que nous parlions d'Aristote tous les deux, dit-elle en riant.

— Alors, je reviendrai demain parler avec vous d'Aristote.

Elle lui décocha un grand sourire.

— Je vous raccompagne. Je vais vous montrer le marbre que nous venons de sortir de terre.

— Je l'ai observé, avoua Galeran, il est fort beau.

— Oh ! le « miroir de Virgile », bien sûr ! Venez par là, dit la jeune fille en entraînant le chevalier vers une porte qu'il n'avait point vue.

— C'est un vrai dédale, dit-il.

— Il ne faut point pénétrer ici sans être accompagné, fit-elle avec sérieux.

— Je m'en souviendrai.

— Voilà ! dit Estella en ouvrant le vantail. Je vous laisse, mon père m'attend. Un de nos hommes vous amènera votre destrier. À demain, messire chevalier !

46

Après un dernier regard au Fâ, Galeran talonna Quolibet.

« Bougre de petite fille, songeait-il tout en galopant, hier naïve et rêveuse, et aujourd'hui maligne comme on n'a pas idée. Elle m'a donné chaud plus d'une fois, la diablesse. Elle doit mener son vieux père par le bout du nez.

Après tout, c'est peut-être elle qui, sans en avoir l'air, règne pour de bon sur le Fâ... »

Cette seule pensée lui donna des frissons. Puis, il se reprit. Depuis la veille, il voulait visiter le village abandonné où, selon frère Raoul, s'étaient volatilisés les hommes d'armes de Saldebreuil de Sanzay.

Il n'y avait guère plus d'une lieue entre le Fâ et Meschers, et bientôt, il vit devant lui, dans le fond de la baie, les toits éventrés d'un hameau.

Galeran ralentit l'allure, forçant son destrier à prendre le pas pour traverser un grand alignement de cairns.

Plus loin, les bourrines étaient construites au bord de l'eau avec, devant, des pontons sur pilotis qui avaient dû servir à attacher des barques.

Sans entretien, tout cela s'était envasé, et une forte odeur de décomposition monta aux narines du chevalier.

Un lourd silence planait, juste rompu par le hurlement du vent entre les maisons abandonnées et par le cri des mouettes tournoyant dans le ciel gris.

Il entra dans le village et le hongre hennit nerveusement.

Les tempêtes d'équinoxe avaient déjà causé bien des ravages, arrachant les roseaux tressés qui servaient de toiture, faisant battre des vantaux disjoints. Les joncs avaient proliféré jusqu'au seuil des pauvres maisons qu'envahissaient le lierre et les mauvaises herbes.

Après avoir fait le tour du hameau, le chevalier attacha son cheval et entra dans une première masure. Il en ressortit bientôt, puis entra dans une seconde, visitant ainsi l'une après l'autre toutes les cabanes.

Çà et là, accentuant encore l'impression de désolation, traînaient dans les bourrines les quelques restes d'une vie quotidienne brutalement interrompue : débris de paillasses moisies, écuelles, tables rudimentaires…

En sortant de la dernière maison, le chevalier hocha la tête. Il fallait pourtant que ce soit là, mais où ? Bien sûr, une année avait passé, mais vingt hommes armés pour la guerre, avec leurs broignes, leurs boucliers, leurs javelines, n'avaient pu disparaître sans laisser de traces. Les chevaux, eux, avaient pu être revendus sur quelque lointain marché, mais les hommes ?

Le chevalier revint à l'entrée du village et contempla l'alignement des cairns.

C'est donc ici, sous ces tas de pierres, que les pêcheurs ensevelissaient les leurs. Cela semblait étonnant, d'autant que la coutume voulait que les morts soient portés en terre consacrée avant de reposer dans l'ossuaire commun. À moins que ce ne soit une façon, pour les gens d'ici, d'honorer les hommes disparus en mer ?

Le chevalier savait qu'en certaines régions, les marins aimaient garder près d'eux les dépouilles de leurs camarades et venir trinquer amicalement autour des tombes, au repos de leurs âmes.

En outre, frère Raoul ne lui avait-il point dit que les pêcheurs de ce village avaient tous péri pendant une tempête. D'ailleurs, ici comme en Bretagne, peu de pêcheurs mouraient dans leur lit, de leur belle mort.

Il y avait bien là une quarantaine de cairns. Le chevalier s'approcha et les examina, cherchant quelques indices, remarquant les croix de branchettes fichées sur certains d'entre eux. Puis, il s'arrêta devant un amas de roches plus imposant que les autres.

Ôtant sa cape et son bliaud, il retroussa les manches de sa chainse et se mit à enlever la terre, et les lourdes pierres une à une.

Il commençait à croire qu'il s'était trompé, quand brusquement, quelque chose d'arrondi et de terne apparut. C'était un casque rouillé. En le dégageant, un crâne humain vint avec.

La rage au cœur, le chevalier continua à écarter les caillasses.

Bientôt, il exhuma le reste du corps, dont la broigne de cuir était encore en assez bon état, bien que raidie par la putréfaction. En dessous, il y avait d'autres corps, entassés les uns sur les autres, qu'il renonca à déplacer.

Il alla s'asseoir en soufflant sur une souche, essuyant son front en sueur.

Au fond de son esprit, couvait une terrible colère. Pourtant, il lui fallait reprendre son calme, essayer de réfléchir :

« Voilà donc, dit-il à mi-voix, où les soldats de Saldebreuil ont achevé leur malheureuse patrouille. Un cairn parmi d'autres cairns, perdu comme un arbre dans la forêt. Au fond, quoi de mieux qu'un cimetière pour cacher des cadavres ? »

Mais sa découverte posait à Galeran beaucoup d'autres questions inquiétantes. Pour venir à bout d'une telle troupe de cavaliers, il avait fallu une autre troupe, nombreuse et expérimentée. Or, Marcabru le lui avait dit, le seigneur de Talmont ne disposait que d'un ramassis de gens d'armes plus ou moins volontaires, sous les ordres d'un sergent qui n'avait rien d'un foudre de guerre.

Par contre, Ogier possédait une fière cavalerie qui, avec ses archers soudanais, constituait une force redoutable. Ogier, homme de grand savoir, mais aussi personnage sans scrupules, habité par ses rêves démesurés.

Fallait-il chercher de ce côté le mobile de tant de crimes ?

Le chevalier leva les yeux et remarqua que le vent, qui avait forci, balayait maintenant un ciel couleur de suie.

Il se mit debout. Pour en savoir davantage, il lui fallait examiner de plus près les restes des victimes. Il commença donc ce travail rebutant. Mais il ne lui fallut pas longtemps pour acquérir une certitude. Après une courte prière, il remit soigneusement tout en place et reconstruisit le cairn, tel qu'il l'avait trouvé.

Ensuite, il alla au rivage et se lava. Maintenant, il savait.

Cinquième partie

« *Chante, chante, sirène,*
T'as moyen de chanter,
Tu as la mer à boire
Et mon amant à manger. »

Vieille chanson poitevine.

47

Les deux galées anglaises avaient levé l'ancre à l'aube, poussées par un fort vent de noroît.

Un seul homme à bord avait remarqué les changements rapides du ciel et de la mer. C'était le pilote, un vieux Saintongeais, debout près du sondeur, au bec du navire de tête.

Il avait vu s'enfuir les grands albatros. Puis les marsouins qui escortaient les navires avaient, eux aussi, disparu.

— Si le vent tourne d'un coup, ce foutu navire se mettra à la côte où nous serons démâtés, faut tenir dur la barre ! avait crié le pilote.

La forte brise tomba brusquement, les laissant encalminés à quelques encablures de la pointe de la Coubre et obligeant les rameurs à reprendre leurs places sur les bancs de nage.

Bientôt, l'on n'entendit plus que les roulements du tambour, le bruit régulier des rames s'enfonçant dans l'eau immobile et l'âpre complainte des marins. En cet endroit de la Porte Océane, le calme plat avait un avant-goût de mort.

Après avoir ordonné au sondeur de jeter à nouveau sa ligne pour vérifier la profondeur de l'estuaire, le vieux Saintongeais avait rejoint le château arrière, où se tenaient le barreur et le maître.

Ce dernier, un Anglais au visage buriné, était tourné vers le large, priant Dieu d'épargner le navire. Après quoi, il s'était signé et avait jeté en offrande à la mer des miettes de pain, des grains de sel et quelques gouttes de vin.

Quand il vit venir à lui le Saintongeais, aucune parole ne fut échangée. Ces deux-là se comprenaient et savaient qu'une terrible tempête était proche.

48

Presque instantanément, l'océan et le ciel avaient viré au gris. Maintenant silencieux, les marins faisaient force rames, tout en regardant anxieusement les nuées qui s'amoncelaient au-dessus de leurs têtes.

Le regard du pilote balayait sans relâche l'horizon, tandis qu'à l'avant, le sondeur lançait régulièrement son plomb dans le fleuve, loin devant l'éperon de la galée.

De lourds nuages noirs s'amassaient au-dessus des terres, soulignant la ligne blafarde des plages et la forme déchiquetée des falaises.

Les deux navires avaient dépassé la tourelle de Cordoue, croisé la pointe de Grave, et s'engageaient maintenant dans l'embouchure de la Gironde.

— Amenez la toile ! Rentrez les rames ! hurla soudain le maître du navire. Sur le pont ! Vite ! Vite ! Vite !

Le souffle froid de la tempête les avait enveloppés d'un coup, et la côte s'était évanouie, effacée par un grain d'une rare violence.

Giflés par la pluie et les embruns, les marins, qui avaient déserté la fosse et s'étaient précipités vers le grand mât, s'agrippaient aux cordages. De puissantes rafales s'engouffraient maintenant dans la voilure et la toile goudronnée battait avec force, menaçant de se déchirer sous les assauts du vent.

— Taille, taille ! cria un matelot, tranchant avec son coutel les filins qui la retenaient encore.

Les deux galées bondissaient en avant, poussées par des bourrasques qui faisaient gémir les carènes. D'instant en instant, les vagues se faisaient plus hautes. La mer se creusait d'abîmes.

Des torrents d'eaux passaient en rafales pardessus le bordage, balayant le pont, s'engouffrant dans la fosse.

— La barre au vent ! hurla le pilote qui s'était rapidement arrimé au plat-bord.

Aidé par un matelot, l'homme de barre appuya de toutes ses forces sur le gouvernail latéral, essayant d'orienter l'éperon du navire face au vent.

À quelques encablures de là, la seconde galée n'avait pas eu le temps d'affaler sa toile.

Elle était passée tout près d'eux, son bordage frôlant le leur, avant de filer droit vers la côte à une allure vertigineuse.

Le pilote cria un ordre que personne n'entendit.

Une lame plus haute que les autres le frappa de plein fouet, l'arrachant à la corde qui le maintenait et le projetant par-dessus bord.

Peu à peu, le bateau prenait de la gîte, embarquant par le travers d'énormes paquets de mer. Il ne répondait plus aux efforts des hommes accrochés à la barre. Le maître, abandonnant le château arrière, avait rejoint en trébuchant ses marins sur le pont, envoyant les plus solides dans la fosse pour tenter d'écoper.

Soudain, il y eut un craquement atroce. La galée avait touché un écueil.

L'eau envahit la cale, remontant en gros bouillons, chassant devant elle des quantités de rats, de tonneaux, de ballots de marchandises. Le bateau s'enfonçait avec rapidité.

Seul le mât émergeait encore. Mais cela ne dura guère : un tourbillon se forma autour, emportant les marins qui s'y étaient agrippés, et tout ce qui restait sombra d'un coup en eau profonde.

Plus chanceux, le second vaisseau était allé s'échouer à quelque distance du rivage, dans la baie de Talmont.

49

La tempête qui couvait avait éclaté alors que Galeran revenait du tragique ossuaire. Il s'était arrêté face à la mer, les mains crispées sur le pommeau de sa selle, observant les deux nefs qui couraient sous le vent.

Il avait vu la première sombrer corps et biens en quelques secondes, tandis que l'autre venait s'échouer juste devant lui, si proche qu'elle semblait à portée de main.

En quelques minutes, alors que l'éperon de la galée disparaissait, submergé par les lames, le château arrière s'était dressé. Une grappe humaine s'y accrochait désespérément.

Quelques marins, précipités à la mer, tentèrent de gagner le rivage. Mais, roulés par les vagues, ils disparurent presque instantanément.

La décision de Galeran fut vite prise. Sautant de sa selle, il ôta ses armes et ses vêtements, se mettant entièrement nu.

Puis, se tournant vers son destrier, il caressa son encolure tout en lui parlant :

— Cette fois, mon ami, ce champ de bataille ne ressemble à aucun autre !

Comme s'il avait compris, un long frisson parcourut l'échine du fidèle Quolibet, tandis que ses oreilles se dressaient. Galeran sauta souplement en selle.

— C'est bien, mon tout beau, en avant et que

Dieu nous aide ! fit le chevalier en piquant des deux vers le fleuve en furie.

Le hongre entra dans l'eau comme il entrait dans la bataille, fougueux, habile à éviter les coups, prévoyant d'instinct les gestes de son maître.

Bien droit sur sa selle, les genoux serrés, le jeune homme le guidait vers l'épave, affrontant les grandes déferlantes qui, par instants, les submergeaient. Pourtant, le destrier et son cavalier avançaient régulièrement. Le bel animal, tous ses muscles tendus, soufflait avec force, fendant les flots de son vaste poitrail, servi par sa haute taille et la puissance de ses jarrets.

Maintenant, les restes du malheureux navire étaient tout proches et, bientôt, le chevalier put apercevoir les visages épouvantés des marins encore accrochés au château arrière.

Craignant quelque mauvais remous, Galeran maintint sa monture à distance et hurla aux marins de sauter à l'eau sans crainte. Mais la plupart, qui ne savaient point nager, ne s'en agrippèrent que davantage à l'épave.

Enfin, l'un d'eux, un jeune gars, se décida. Il plongea en direction de Galeran qui le rattrapa de justesse et l'aida à se hisser en croupe.

Un deuxième marin fit de même, que Galeran réussit à saisir par le col avant qu'il ne coule, lui maintenant la tête hors de l'eau, avant de l'installer devant lui.

S'estimant assez chargé, le chevalier fit demi-tour et revint vers la grève, drossé par les vagues.

Dès que le hongre eut de l'eau aux jarrets, Galeran se laissa glisser de sa selle, traînant le marin inanimé jusqu'à la plage.

Tandis que l'autre naufragé se laissait tomber sur le sable, à la limite du ressac, Quolibet se mit à galoper en tout sens sur le rivage, afin de se réchauffer.

En abordant la terre ferme, le chevalier avait constaté avec soulagement que la marée se retirait, ce qui faciliterait la suite du sauvetage.

Pourtant, il ne sous-estimait pas la terreur quasi animale des marins, qui craignaient la mer au point de se noyer parfois là où ils avaient pied.

Le jeune homme reprenait son souffle, quand la sensation d'être observé lui fit tourner la tête.

Ils étaient une dizaine, tous des pêcheurs, à se tenir là, à quelques pas de lui, à le regarder sans bouger, le visage fermé.

Nullement gêné par sa nudité, Galeran marcha vers eux.

Les hommes ne bougeaient toujours pas, mais l'étonnement se lisait maintenant sur leurs visages durcis. Le chevalier s'adressa à eux, avec dans la voix cette calme détermination qui en avait imposé à bien d'autres :

— Dieu a voulu que ces deux hommes soient délivrés de cette terrible tempête et qu'ils réchappent de l'abîme ! Ils sont maintenant, que vous le vouliez ou non, sous votre protection et sous la mienne !

Derrière le chevalier, Quolibet s'ébrouait, la robe trempée d'écume. Il fallait repartir.

Après un dernier regard aux pêcheurs et aux hommes qu'il avait sauvés, le chevalier attrapa la bride du hongre et sauta à nouveau en selle.

— Allez, mon tout beau, en avant ! dit-il en le talonnant. Cette fois, ce sera moins dur.

Tandis qu'ils s'en retournaient vers les flots déchaînés, arrivait une foule de gens qui avaient vu le drame depuis les falaises de Talmont et du Caillaud. Il y avait là le prieur et ses moines, des paysans, des marchands, des pèlerins et, au loin, les silhouettes de deux cavaliers, qui n'étaient autres que Ramnulphe de Talmont et son viguier.

Le malheureux navire achevait de se disloquer, les lames submergeant maintenant le château arrière.

Le chevalier accomplit un deuxième sauvetage et revint bientôt vers le rivage avec trois autres marins.

Sur la grève, les secours s'étaient organisés. Des pêcheurs confectionnaient des brancards, des femmes avaient amené des couvertures et de la cendre chaude sur laquelle on étendit les naufragés. Le chevalier remarqua même dans la foule la présence de la mystérieuse Lygie. Frère Raoul et l'infirmier se partageaient les soins, administrant force remontants. Il y avait maintenant cinq hommes de sauvés, mais il en restait encore beaucoup d'autres sur l'épave.

La mer se retirait et, au troisième voyage de

Galeran, les gens osèrent s'avancer dans l'eau pour attraper deux malheureux qu'ils portèrent jusqu'au rivage.

Frère Raoul se précipita vers le chevalier avec une couverture. Nu et trempé de la tête aux pieds, le jeune homme frissonnait. Il était livide, et des cernes noirs se dessinaient sous ses yeux.

— Il faut vous arrêter, messire, vous êtes épuisé, et votre cheval aussi. Regardez, il n'en peut plus. Il va crever sur place, si vous continuez !

— Il y a encore des hommes à sauver, répliqua Galeran en se laissant glisser de sa selle. M'avez-vous fait chercher la corde que je vous ai demandée ?

— Oui, la voici, dit le moine en montrant un novice qui accourait avec un long rouleau.

— C'est bien, dit le chevalier. Avec ça, je vais installer un va-et-vient entre l'épave et la terre. Ce sera le dernier voyage. Donnez-moi un peu de vin, frère Raoul, et votre écuelle.

Le jeune moine détacha le bol qui pendait à sa ceinture et le tendit au jeune homme. Il avait compris que cet entêté ne s'arrêterait pas avant que le dernier marin soit en sûreté. Mais la mer en avait décidé autrement.

Alors que Galeran faisait boire un peu de vin à son cheval, une immense clameur monta de l'assistance.

Au large, une lame plus forte que les autres avait eu raison de ce qui restait de la galée.

L'épave se disloqua et les derniers survivants disparurent, noyés ou écrasés entre les débris du navire.

C'en fut trop pour le chevalier. Il se tourna vers frère Raoul comme pour lui parler, et tomba d'un coup à ses pieds, face contre terre.

50

Quand Galeran rouvrit les yeux, il vit le visage anxieux de frère Raoul penché sur lui.

Il était allongé sur un grand lit, une courtepointe de fourrure sur le corps. Ses vêtements et son harnois étaient posés à côté, sur un coffre.

— Vous m'avez fait peur, messire ! s'exclama le jeune moine en le voyant revenir à lui. J'ai bien cru que l'eau glacée avait eu raison de vous.

Un faible sourire se dessina sur les lèvres du chevalier, qui se redressa avec peine, tout en examinant la salle où on l'avait porté.

— Il faut croire que mon heure n'était pas encore venue, mon frère. Où sommes-nous ?

— Dans la chambre de messire Ramnulphe, en son châtelet, répondit le moine en l'aidant à s'asseoir.

— Et les rescapés ?

— Chez nous, en de bonnes mains, avec le

frère infirmier. Grâce à vous, messire, le prieuré n'a plus une place libre. Nous avons même dû installer des paillasses dans l'église.

— Avez-vous pu sauver d'autres marins ?

— Non, aucun, je crois, répondit gravement le moine. Jusqu'ici, le fleuve n'a rejeté que des morts.

— Je suis resté longtemps sans ma connaissance ?

— Non pas, messire, juste le temps de vous transporter au châtelet. Vous êtes de robuste constitution, chevalier. Plus d'un aurait laissé la vie dans un pareil exploit.

Le chevalier ne disant mot, le moine ajouta d'un air finaud en lui tendant son aumônière :

— Je me suis occupé personnellement de vous et de vos affaires, messire. J'ai pris votre aumônière avec moi. Point n'était besoin que des mains indiscrètes s'y égarent.

Frère Raoul alla à la cheminée et revint avec un bol rempli d'un liquide odorant.

— Tenez, buvez ça. C'est moi qui l'ai préparé. C'est du vin chaud avec des épices, cela vous remettra.

Le chevalier avala le breuvage en silence, et un peu de couleur monta à ses joues pâlies.

— Où est mon destrier ? demanda-t-il brusquement.

— Je l'ai confié à notre novice. Celui-là s'y entend mieux avec les bêtes qu'avec les gens. Et je puis vous assurer qu'à cette heure, votre monture est au chaud dans notre écurie, bouchonnée et la panse pleine.

— Merci pour tout ceci, mon frère. Vous êtes, par ma foi, un précieux compagnon, dit Galeran avec un long soupir.

— Et vous, chevalier, en ces temps de grande confusion, un homme précieux. Je vous aiderai quoi qu'il arrive, sachez-le, fit le moine à mi-voix en saisissant impulsivement la main du chevalier, qu'il garda un instant serrée dans la sienne.

— Je m'en souviendrai, répondit gravement le jeune homme. (Puis, sur un ton plus léger :) Mais qu'avez-vous donc fait de l'hôte de ces lieux ?

Un grand sourire éclaira le visage de Raoul :

— J'ai invoqué votre état de santé, mais ils sont nombreux à vous guetter dans l'antichambre. Il y a le seigneur Ramnulphe, le viguier, le père prieur. Dehors vous attend aussi le frère Aelred, qui nous a été envoyé par le saint ermite de Mortagne. Les hommes d'armes de Ramnulphe n'ont point voulu le laisser entrer dans le châtelet.

— Ah tiens, pourquoi ? Était-il seul ?

— Je ne sais, il est venu en bateau et a accosté directement chez nous, à la Fosse Porte. Ensuite, il s'est tout de suite mis en quête de votre personne.

— Bien, nous allons faire entrer tout ce beau monde. Passez-moi mes vêtements, mon frère, s'il vous plaît.

— Ménagez-vous, chevalier, vous êtes encore faible, protesta le moine. Tenez, prenez ceci, ce sont une chainse et des braies propres. Voici votre bliaud et votre broigne, ainsi que vos armes.

Le jeune homme enfila prestement les habits qu'on lui tendait.

Le moine ne le quittait pas des yeux. Enfin, il s'approcha et lui murmura à l'oreille comme si on les pouvait entendre :

— Il faut que vous sachiez, messire, que vous n'êtes plus seul désormais. Personne, ici, n'avait jamais vu tel exploit. Il s'est passé une chose étonnante. Quand vous êtes tombé face contre terre, la foule vous a encerclé, en silence. Les hommes vous ont fait une litière, les femmes restaient à vos côtés, comme pour vous protéger. Ils ne voulaient point que les hommes d'armes de Ramnulphe vous mènent ici. J'ai dû promettre de rester près de vous tout le temps, et maintenant, ils sont là, dehors. Ils ne disent mot et se tiennent à la porte du châtelet, à attendre que vous ressortiez.

— Eh bien, c'est peut-être là une bonne idée ! fit le chevalier.

— Mais pourriez-vous m'en dire plus long sur ce que vous savez ? implora Raoul.

— *Non dum* ! le coupa le jeune homme. Pas encore, mon frère, patience, il n'y a plus longtemps à attendre.

Après avoir bouclé le ceinturon de son épée, Galeran se tourna vers le moine.

— S'il vous plaît, redonnez-moi encore un peu de votre excellent breuvage, mon frère. Je me sens revivre, et « frère le corps » aussi ! Ensuite, nous recevrons nos gens.

51

Longtemps, frère Raoul se souvint de cette rencontre et de l'expression calme, presque sereine, qui avait envahi les traits sévères du chevalier.

Le frère hôtelier alla donc ouvrir la porte et s'écarta, croisant nerveusement ses bras sur sa poitrine.

Une sorte de malaise l'avait envahi tandis qu'il observait les visages, pourtant familiers, de ceux qui pénétraient dans la chambre.

Le seigneur de Talmont était entré le premier. Bousculant presque le frère hôtelier, il était allé s'asseoir sur son faudesteuil favori. Enfin, il avait levé ses yeux injectés de sang vers le jeune homme qui attendait, immobile et droit, près de la cheminée.

— Par ma barbe, c'est un honneur que de recevoir un tel héros chez moi, lâcha-t-il en reniflant d'un air de défi. Vous êtes messire, messire quoi ?

— Chevalier Galeran de Lesneven, et l'honneur est pour moi, messire Ramnulphe. Je ne pensais goûter si tôt à la chaleur de votre hospitalité.

— J'ai l'impression que nous nous sommes déjà vus, messire, fit une voix grave.

Galeran tourna la tête. Devant lui, se dressait la haute et élégante silhouette du viguier.

— En effet, répondit Galeran. Nous n'avons guère eu le temps jusqu'ici de nous entretenir.

— Qu'à cela ne tienne, messire de Lesneven, fit l'autre en s'inclinant, je me nomme Francesco Benedetto Balducci.

Sans laisser le temps au jeune homme de répondre, le prieur s'était glissé entre eux, et avait pris les mains du chevalier dans les siennes.

— Ah ! messire, quelle joie de vous voir en vie, fit-il avec onction. Vous avez réussi à sauver ces gens d'une mort si atroce et vous avez montré tant de vaillance !

— Vous me donnez le tournis à rester debout à jacasser comme des mouettes ! Et si vous vous asseyiez tous ? vociféra soudain Ramnulphe en tapant du poing sur le bras de son fauteuil. Eh ! toi là-bas ! Apporte-nous à boire, au lieu de nous épier avec ton museau de goupil !

L'un des serviteurs, qui se tenait dans l'embrasure de la porte, s'esquiva précipitamment.

Après ce mouvement d'humeur, le sieur de Talmont resta là, à regarder autour de lui avec une mine outragée. Le prieur s'était tu et était allé s'asseoir près de l'âtre, avec le frère hôtelier.

L'on n'entendait plus, par la fenêtre ouverte,

que le grondement lointain de la foule qui s'agitait autour de la maison forte.

— Cela fait donc plusieurs jours que vous êtes parmi nous, chevalier ? Je vous ai entrevu à la procession, hier, et au Fâ ce matin, murmura Francesco Balducci si bas que Galeran fut seul à l'entendre.

— Pour dire le vrai, j'avais beaucoup à faire, dit laconiquement le jeune homme.

Une étrange expression passa sur le visage mat du bel Italien. Il allait parler, mais déjà son interlocuteur s'éloignait et tendait un parchemin à Ramnulphe.

— Messire, je suis porteur d'un message de la reine à votre intention.

— À moi, un message de la reine ? Qu'est-ce encore que cette histoire ? dit l'autre en arrachant la missive des mains du chevalier.

À la vue du sceau royal, son visage s'assombrit. Puis il se tut, décryptant avec difficulté, car il ne savait bien lire, la haute et belle écriture de sa suzeraine :

« À qui lira cette bulle, moi, Aliénor, par la grâce de Dieu, reine de France et duchesse d'Aquitaine, à bon escient, confère à mon féal, Galeran de Lesneven, le droit de basse et haute justice et requière par tous moyens d'ouvrir au susdit la route qu'il doit tenir. Ses actes et sa parole seront miens. »

Gardant le parchemin dans son poing crispé, Ramnulphe de Talmont releva la tête et regarda le chevalier d'un air hébété.

— Que veut dire tout ceci ?

Après un court silence, il reprit d'un ton chargé de menaces :

— Tout beau, messire chevalier, tout beau, cette bulle vous donne franc pouvoir au nom de la reine, mais je ne vois pas où sont vos troupes et les armées royales… Juste un parchemin. Alors, qu'espérez-vous de moi ? acheva-t-il en ricanant.

— Simplement votre aide et les hommes que je n'ai point, messire Ramnulphe, pour me rendre au domaine du Fâ où justice doit être rendue.

Un peu déconcerté, le seigneur se trémoussa sur son siège et se mit à geindre :

— Et pourquoi ça ? Et puis, mes hommes, quels hommes ? Vous avez bien vu que je n'ai que des marauds pour me servir. Ils sont tout juste une vingtaine d'abrutis. Le reste, ce ne sont que des laboureurs et des pêcheurs qui me doivent corvées. Ce n'est pas que je refuse de vous aider, mais…

La porte s'ouvrit toute grande et Ramnulphe rugit :

— Quoi encore ?

— C'est moi, messire ! fit le serviteur qui revenait avec un plateau couvert de hanaps emplis de vin.

— Sors d'ici ! Qui t'a permis d'entrer ? fit

Ramnulphe en abattant son poing sur le plateau qui glissa des mains du serviteur et alla se fracasser sur le dallage.

» Vous voyez ce que je vous disais : tous des marauds, des rustres ! fit-il en essuyant de ses gros doigts son bliaud souillé de vin.

Puis, il ajouta dans un marmonnement maussade :

— Et qu'est-ce que vous lui voulez à ce cher Ogier ?

— Sachez seulement que votre demi-frère a des comptes à rendre à notre reine, messire. De lourdes accusations pèsent sur sa tête !

— Mais enfin, chevalier, dit Balducci d'une voix douce, si j'ai bien compris ce qui se passe, ce dont je ne suis point complètement sûr, d'ailleurs, il y aurait ici péril pour le royaume ? Je vous rappelle que j'ai la charge de viguier de Talmont, et je puis vous assurer qu'hormis quelques rixes d'ivrognes, il ne règne en ces lieux aucun désordre. Je vous le demande à mon tour : s'il y a un quelconque danger, d'où qu'il vienne, pourquoi la reine ne vous a-t-elle pas envoyé avec une armée aguerrie ?

— À quoi servirait d'avoir des hommes d'armes quand la reine compte tant de féaux dévoués sur ses terres. Vous ne les entendez donc point, messire Balducci ?

Maintenant, leur parvenaient nettement du dehors des cris et des chants hostiles.

Le sieur de Talmont s'était levé d'un bond et avait couru à la fenêtre :

— Et ceux-là ! Qu'est-ce qu'ils ont à beugler ainsi ? demanda-t-il.

— C'est ma faute, messire, fit la voix calme du frère hôtelier.

— Morbleu, le frère, explique-toi !

— Il se trouve, messire Ramnulphe, que je leur ai promis de sortir d'ici très vite avec le chevalier sain et sauf, fit le moine. Écoutez bien, ils scandent son nom. Ils veulent leur héros, messire, et c'est bien normal. Je pense qu'il serait plus sage de nous montrer tous rapidement avant qu'ils ne commettent quelques dégâts, qu'ils regretteraient d'ailleurs, j'en suis sûr, car ce sont de braves gens.

Un demi-sourire se glissa sur les lèvres du chevalier. On pouvait suivre l'effet des paroles du rusé petit moine sur le visage sanguin du seigneur de Talmont. Enfin, il vociféra :

— Sortir, sortir ! Bon, on sort. Seigneur viguier, allez quérir nos hommes et faites seller nos chevaux, nous partons tous pour le Fâ. Ils veulent leur héros, ils l'auront ! Mais sachez, chevalier, que je n'agis ainsi que par loyauté pleine et entière envers notre souveraine. Il faudra vous souvenir de cela.

— Croyez bien, repartit le chevalier en s'inclinant, que je ne vous oublierai point, messire, et qu'il vous sera tout rendu au centuple !

52

Poussées par les hommes d'armes, les lourdes portes du châtelet s'ouvrirent lentement. Dehors, la foule s'était tue. Elle attendait.

Enfin, une petite troupe à cheval sortit de l'enceinte. À sa tête, chevauchaient Galeran et le frère hôtelier. Derrière eux, venaient une douzaine d'hommes d'armes plutôt dépenaillés, menés par le débonnaire sergent. Enfin, le viguier, le prieur et Ramnulphe de Talmont firent leur apparition.

Une longue acclamation s'éleva de la foule, tandis que des mains se tendaient vers le chevalier et que des femmes et des enfants couraient vers lui au risque de se faire piétiner par les destriers.

Le chevalier tira sur la bride de Quolibet qui renâclait, et leva la main pour demander la parole :

— Mes amis, mes amis ! dit-il en s'adressant aux gens qui se pressaient maintenant tout autour de lui et du frère Raoul.

Le silence se fit peu à peu.

— Aujourd'hui, la tempête a encore frappé, s'exclama Galeran, mais nous avons pu, grâce à l'aide de Dieu et à la vôtre, mes amis, sauver ces malheureux marins.

— Oui ! Oui !

— Aujourd'hui, continua le chevalier, la

Croix de Notre Seigneur est passée devant la Grande Goule. Vous l'avez vu, de vos yeux, le dragon a enfin courbé l'échine !

Un murmure d'approbation parcourut l'assistance. Derrière Galeran, le seigneur de Talmont et le viguier avaient échangé un long regard.

— Qu'est-ce qui lui prend de s'adresser à ces marauds ? grommela Ramnulphe.

— C'est un homme habile, messire, répondit le bel Italien, très habile, et excellent stratège, avec ça. Il ferait un merveilleux chef de guerre. Mais écoutons-le plutôt.

Devant eux, le chevalier continuait à haranguer la foule. Sa voix s'était faite persuasive :

— Plus que la Grande Goule, il y a ici, à Talmont, des gens qui sont ses serviteurs et ont déjà retenu leur place en enfer ! Des gens qui ont commis des crimes atroces, des gens qui n'hésitent pas à tuer et à torturer vos enfants ! Hier, c'était ce pauvre Guiot, et demain, lequel d'entre vous finira égorgé dans son propre village ?

Les visages des pêcheurs s'étaient fermés, les poings se serraient.

Jeunes ou vieux, hommes et femmes fixaient ce rude jeune homme qui leur avait prouvé sa vaillance et savait dire haut et fort ce qu'ils pensaient tout bas, sans oser l'avouer.

— Il ne faut plus que cela se reproduise ! Il ne faut plus que des marins comme vous paient de leurs vies le droit de naviguer !

— Non ! hurla la foule d'une seule voix.

— Pour cela, j'ai besoin de vous, mes amis. Voulez-vous m'aider ?

Les acclamations redoublèrent. Enfin, quand le calme fut à peu près revenu, le chevalier, dressé sur ses étriers, cria :

— Alors, suivez-moi !

— Nous vous suivrons ! hurla la foule subjuguée, tout en s'écartant devant le jeune chevalier qui poussa son destrier vers le frère Aelred, dont la haute stature dominait celle des gens de Talmont.

— Salut à vous, messire chevalier, fit celuici.

— Salut à vous, mon frère. L'hôtelier va vous amener un solide cheval. Tenez, le voilà !

— Grand merci, mais même à pied, j'ai mes ordres, chevalier. Je ne vous lâche plus, car notre saint ermite a dit que vous couriez aujourd'hui un mortel danger.

— Que le Seigneur nous protège ! dit le jeune homme en talonnant légèrement son hongre.

Quand Aelred fut en selle, la petite troupe prit le trot, suivie par un cortège hétéroclite dont l'ampleur n'avait rien à envier à celui de la Grande Goule.

53

Le ciel s'était brusquement dégagé et, tout en chevauchant, le chevalier remarqua le scintillement du miroir de Virgile en haut de la tour du Fâ. Ainsi, Ogier les observait et ne serait point surpris de leur arrivée intempestive.

Comme par miracle, les lourdes portes s'écartèrent d'elles-mêmes. Derrière, se dressait la haie des guerriers soudanais, l'arc bandé, prêts à tirer.

Le chevalier leva la main pour faire signe à ses compagnons de s'arrêter. Il s'avança alors vers l'homme qui commandait la redoutable garde et déroula son sauf-conduit.

— Au nom de la reine, je demande à être reçu par le seigneur Ogier, dit-il d'une voix ferme.

— Il vous attend, messire, fit l'autre en inclinant la tête. Seulement, la foule qui vous accompagne restera en dehors de l'enceinte, et les hommes d'armes du seigneur Ramnulphe avec les miens, au pied de la grande tour. Pour les autres, mon seigneur Ogier les recevra en même temps que vous.

Le chevalier s'inclina en signe d'acceptation, puis appela le sergent et lui donna à voix basse quelques ordres.

Le détachement se scinda alors en deux.

Le sergent et la moitié des hommes de Ramnulphe restèrent à l'extérieur, tandis que la garde soudanaise s'écartait pour laisser le passage aux autres.

Les lourdes portes se refermèrent derrière eux. Ils étaient maintenant à la merci d'Ogier, et Galeran eut un instant le sentiment de s'être jeté dans la gueule du loup.

54

Accompagnée de quelques Soudanais porteurs de javelines, la petite troupe fut introduite dans une salle que le chevalier ne connaissait pas.

Les pas des hommes y retentissaient lugubrement, éveillant un écho qui se répercutait jusqu'à la haute voûte. L'endroit, démuni de fenêtres et juste éclairé par des flambeaux, était pavé d'un damier noir et blanc. Les murs étaient décorés de panoplies où s'entrecroisaient les fers de javelines, d'épées, de cimeterres ou de dagues. Au fond de la pièce, se dressaient de grandes maquettes de bois, modèles réduits de balistes, de trébuchets et de mangonneaux. Juste à côté, Ogier et sa fille étaient assis sur de hauts faudesteuils.

Quand Galeran et ses compagnons se furent avancés, Estella se leva d'un bond et alla se jeter dans les bras du beau viguier.

Le chevalier baissa les yeux. Il était stupéfait et se sentit devenir violemment misogyne !

Enfin, il s'inclina devant le maître des lieux en lui tendant son sauf-conduit.

— Veuillez pardonner, messire, cette intrusion, mais en tant que messager de la reine, il me faut régler ici une affaire de sang.

— Une affaire de sang ? répéta Ogier en repoussant le parchemin. Vous vous moquez de moi, mon ami.

Ramnulphe, qui ne cachait pas sa jubilation, s'était d'autorité installé dans un grand faudesteuil et regardait autour de lui avec curiosité.

Les autres étaient demeurés respectueusement debout.

— Asseyez-vous, je vous en prie, fit courtoisement Ogier à l'attention du vieux prieur et des religieux.

— Il est temps, messire Ogier, que vous appreniez le but véritable de ma mission, déclara Galeran. Je suis venu à Talmont, non seulement pour m'enquérir de vos savants travaux…

— Un prétexte, en somme ? l'interrompit Ogier, non sans une certaine amertume. Je vous avoue que je m'en doutais…

— Pas seulement un prétexte, je vous l'assure, rétorqua le chevalier, mais je devais aussi enquêter sur la disparition dans ces parages de nombreux vaisseaux étrangers, de leurs équipages et de leurs chargements.

— Ah oui, et en quoi cela me concerne-t-il ? demanda Ogier avec hauteur.

— Vous vous en souvenez, sans doute, il y a un an, presque jour pour jour, une troupe d'une vingtaine d'hommes d'armes, appartenant à messire Saldebreuil de Sanzay, est venue à

Talmont chercher quelques renseignements à ce sujet.

— Oui, oui, je m'en souviens. Ils sont venus au Fâ et je les ai reçus, mais je n'avais rien à leur apprendre. Et alors ?

— Alors, messire, eux aussi ont disparu. Ils sont partis en fumée.

Ogier avait pris un air incrédule, comme s'il soupçonnait de la part de Galeran quelque provocation gratuite.

— Je puis vous jurer qu'ils ont quitté ces lieux en toute liberté.

— Je sais, dit le chevalier, alors je vais vous annoncer une bonne nouvelle : je les ai retrouvés !

Galeran parcourut, d'un rapide coup d'œil, la petite assemblée.

— En effet, voilà une excellente nouvelle, dit lentement le viguier qui tenait toujours Estella serrée contre lui.

— Vous ne le croiriez jamais, fit brutalement le chevalier, ils sont tous morts et enterrés à deux pas d'ici !

Un murmure horrifié parcourut l'assistance.

— Enterrés où ça ? demanda Balducci.

— Au hameau de Meschers, sous des cairns, messire Balducci. C'est grâce aux indications de frère Raoul, ici présent, que j'ai fait cette macabre découverte.

Après un court silence, il poursuivit :

— Maintenant, pourquoi cette tuerie et à cet endroit ? Vous vous en doutez, n'est-ce pas, messire Ogier et vous tous, ces gens avaient découvert quelque chose et il fallait les réduire au silence, les empêcher de faire leur rapport au connétable. Seulement qui, ici à Talmont, pouvait s'attaquer à une telle escouade ? Qui possédait suffisamment d'hommes entraînés pour mettre à mort vingt hommes d'armes aguerris ?

— C'est lui, c'est Ogier avec ces foutus noirauds ! s'exclama Ramnulphe avec un sourire mauvais.

— Et oui, messire Ramnulphe, j'avoue que, moi aussi, j'en étais arrivé à cette conclusion.

Avant qu'Ogier, qui s'était redressé en le foudroyant du regard, puisse ouvrir la bouche, le chevalier reprit :

— Seulement voilà, messire Ramnulphe, en déterrant les corps de ces malheureux, je constatais qu'on leur avait laissé leurs vêtements, mais surtout que leurs restes ne portaient nulle trace de violence, ce qui, au premier abord, me parut incroyable. Aucun crâne broyé, aucun os rompu… Je dus me rendre à l'évidence : il n'y avait pas eu bataille, on n'avait pas utilisé la force mais la ruse.

Un profond silence s'était fait. Ramnulphe ne souriait plus et décochait, de temps à autre, des coups d'œil féroces à son demi-frère.

— J'imaginais aussitôt la scène, reprit le chevalier. Il fait chaud, la petite troupe chemine tranquillement, les hommes espèrent rentrer bientôt chez eux. Au bord du chemin, près du hameau abandonné de Meschers, il y a des femmes comme celles qui aiment à faire cortège aux soldats. Elles leur offrent à boire une piquette quelconque, et les hommes assoiffés l'avalent sans méfiance, au milieu des rires et des plaisanteries gaillardes. Ils n'iront pas beaucoup plus loin : tout l'indique, le poison a dû avoir un effet foudroyant.

Du coup, des protestations indignées fusèrent. Enfin, Ogier dit à voix lente :

— Vous prétendez, chevalier, que ces hommes ont été empoisonnés par une bande de femmes ? Mais quelles femmes, à Talmont, auraient pu commettre un tel forfait, tout ceci ne tient pas debout !

— Mais si, repartit doucement le chevalier, ce crime, voyez-vous, impliquait un véritable travail de fourmi et, il faut l'avouer, une grande pratique. Dépouiller les cadavres eût été trop long et dangereux en plein jour. On leur vole donc probablement quelques liards et quelques bijoux, ensuite on les transporte en hâte jusqu'aux cairns. Là, on les entasse comme des bûches, on les recouvre de terre et de caillasses. On efface les traces, et le tour est joué. Quand – ce qui n'était pas prévu – frère Raoul arrivera au village abandonné en fin de matinée, il n'y verra que du feu.

— Par ma foi, messire, dit le jeune moine, c'est bien vrai et j'en suis resté sans voix. Mais qui sont ces femmes, si elles existent ?

— Elles existent sans exister, fit le chevalier.

Ce sont celles que les gens de Talmont et du Caillaud nomment les fées des grottes ou encore les goules. Celles qui, les nuits de tempête, naufragent les navires et achèvent les survivants avant de les enterrer sous les cairns de ce qui était leur village.

— Les veuves ? s'exclama frère Raoul. Cela est impossible, messire, ces femmes vivent en ermites et viennent même parfois, quand l'hiver est rude, nous voir au prieuré pour demander aide…

— Vous avez décidément une imagination très vive, grinça Ogier, c'est grotesque !

Quant à Ramnulphe, il hochait la tête et ses joues étaient en feu.

L'attente mélangée d'anxiété, qui exaspérait le chevalier depuis quelques minutes, cessa d'un coup. Il venait d'entendre des piétinements et des cris qui se rapprochaient.

55

Enfin, la porte de la salle fut brutalement ouverte et le sergent parut avec quatre de ses soldats, traînant deux hommes qui se débattaient.

— Voilà ! dit le sergent en reprenant son souffle, on les a attrapés, messire Galeran. Ils étaient dans la foule, comme vous m'aviez dit.

D'abord, les gens voulaient pas qu'on les emmène, et puis, quand on leur a appris ce qu'ils avaient fait, on a eu du mal à les arracher de leurs mains !

Dourado et Matha étaient en piteux état, les vêtements déchirés, le visage en sang.

— Voici enfin nos derniers invités, dit Galeran en regardant son auditoire. L'un d'eux, comme je le sais, ayant déjà eu le plaisir de lui être présenté, se prénomme Matha. L'autre ?

— Dourado, grogna le rouquin. Mais on n'a rien à faire avec vous, nous autres.

— Messire Ogier, je crois que vos Soudanais devraient s'occuper de ces deux malfrats, dit calmement Galeran en se tournant vers le seigneur du Fâ.

Ogier hocha la tête en signe d'assentiment et, aussitôt, deux de ses hommes s'avancèrent, dégainant de longs cimeterres.

Matha, terrorisé, tomba à genoux devant le chevalier. Son visage était livide, son nez bleui par les coups qu'il avait reçus.

— Pas ça, messire ! Je sais rien de plus, nous livrez pas à ces satanés sauvages. D'abord, c'est Dourado qu'a saigné le Guiot, pas moi, j'y suis pour rien !

Solidement maintenu par deux gens d'armes, le rouquin écumait :

— Vas-tu la fermer, ta gueule !

— Bon, parlons alors de la belle Lygie, fit le chevalier, celle qui sait si bien faire des onguents et des breuvages à crever un cheval...

Vous la connaissez celle-là, pas vrai ? Pourquoi vous en êtes-vous pris à elle, l'autre nuit ? Qui vous en a donné l'ordre ?

Sans un mot, les deux hommes tournèrent lentement leurs regards vers le viguier.

— C'est vous, messire Balducci, qui avez ordonné à ces malfrats de corriger votre tendre amie ? Elle vous avait désobéi, ou bien en avez-vous eu assez d'elle et couriez-vous à de nouvelles amours ? dit le chevalier d'un ton calme.

Pris au dépourvu par la manœuvre de Galeran, le viguier avait perdu de sa superbe :

— Voyons, chevalier, je ne connais pas ces deux brutes, je vous jure !

Brusquement, Estella s'était écartée de Balducci, lui faisant face avec colère :

— Ne jurez donc point, Francesco, mais souvenez-vous ! Sur la route, l'autre jour, nous vous avons croisé et vous avez traité mon cher Cœcilius de Mahomet !

— Oui, je me souviens, c'était stupide de ma part…

— En effet, le coupa Estella d'un air sombre, et je me suis fâchée. Seulement, ce que vous ne savez pas, c'est que nous sommes repassés plus tard au même endroit, et nous vous avons vu de loin, vous Francesco, qui causiez avec ces deux hommes-là. Nous avons fait un détour pour vous éviter, car je vous en voulais toujours… Vous êtes donc un menteur et un parjure, messire ! Qu'avez-vous à dire à cela ? ajouta-t-elle en se détournant.

Balducci ne répondit pas et n'essaya pas de la retenir.

En allant vers la porte, elle passa à grands pas devant le chevalier.

— Et vous, je vous hais, fit-elle en disparaissant, suivie de Cœcilius.

Galeran se mit à rire et dit, non sans une certaine délectation :

— Ah ! mon pauvre Balducci, les femmes ! Bien fol qui s'y fie ! Et maintenant, soyons sérieux : qui vous paie ? Qui, ici, est derrière ce trafic et ces crimes abominables ?

Le viguier demeura muet.

— Vous êtes un aventurier, Balducci, de ceux qu'on nomme dans votre pays des condottieri, et qui plus est un homme habile et cultivé. Alors qui des deux frères vous emploie vraiment ? Celui dont vous comptez faire d'ici peu votre beau-père en épousant Estella ? Beaucoup de choses l'accusent, à commencer par son immense et mystérieuse fortune.

Ogier était devenu livide, et ses mains tremblaient de colère.

— Ou l'autre, le seigneur Ramnulphe ? Ce seigneur qui, depuis quelque temps, possède palefroi de prix et riche harnois. Ce seigneur qui n'a pas hésité à vous prendre comme viguier en son châtelet. Je vous le dis tout de suite, Balducci, je sais la réponse !

Le viguier, les yeux baissés, semblait peser le pour et le contre. Enfin, il lâcha :

–Ramnulphe de Talmont !

Ramnulphe se leva, redressant sa courte taille. Il marcha sur le viguier, la main levée :

— Comment oses-tu ? Moi qui t'ai tiré de la fange…

— Vous ne m'avez tiré de rien, vous n'êtes qu'un pantin, repartit l'Italien avec arrogance. Je vous ai tout juste donné de quoi assouvir vos appétits. Vous ne méritez l'épée que vous portez, vous n'avez jamais été capable d'autre chose que d'en menacer vos ribaudes ou vos serviteurs !

C'en fut trop pour Ramnulphe qui se mit à bafouiller tout à coup. Son visage devint violacé, il écumait. Une mousse blanche était apparue sur ses lèvres. Il porta ses mains à sa gorge comme s'il étouffait.

— Par l'enfer ! hurla-t-il.

Le frère Raoul nota plus tard, non sans malice, que ce furent là, curieusement, ses dernières paroles. En les proférant, il s'effondra face contre terre.

Le bon frère se précipita pour le secourir, mais il eut un bref moment de recul. Un liquide putride s'échappait à flots des braies du seigneur de Talmont et, quand Raoul le retourna, il vit que son visage bouffi était devenu noir comme l'encre.

Horrifiés, les témoins de la scène demeuraient silencieux.

Enfin, Ogier se leva d'un bond :

— Qu'on l'emporte, ôtez-le de ma vue ! Et vous, sergent, enchaînez-moi ces trois crapules. Faites-en ce que vous voulez, mais disparaissez !

Matha et Dourado, abasourdis, se laissèrent faire sans protester, sous l'œil attentif des guerriers soudanais.

Foudroyant du regard l'homme d'armes qui le voulait attacher, le viguier s'adressa au chevalier :

— J'ai compris à la sortie du châtelet que j'étais en train de commettre une erreur, mais il était déjà trop tard. Vous êtes un habile homme, messire de Lesneven, mais croyez bien que si nos routes s'étaient croisées plus tôt, je ne vous aurais point laissé en vie.

Enfin, Balducci s'écria en tendant ses poignets :

— Allez toi, fais ton ouvrage, je suis prêt !

L'homme d'armes l'attacha fébrilement. Puis le sergent et ses soldats dépenaillés disparurent avec leurs prisonniers.

56

Ils n'allèrent pas loin. À peine sortis de la grande enceinte, ils furent assaillis par une foule hurlante qui réclamait la tête des assassins de Guiot. Voyant qu'ils allaient succomber sous le nombre, le sergent donna à ses hommes l'ordre de ne pas résister et de s'ensauver, ce qu'ils firent non sans mal. Certains d'entre eux se joignirent même à la populace en furie qui, déjà, s'acharnait sur les meurtriers.

Quant au sergent, il poussa en avant son cheval, sans lâcher la bride de celui sur lequel le viguier était attaché. Il prit le galop sur la jetée, poursuivi par les cris d'agonie des deux malfrats livrés à la vindicte populaire.

57

— Que va-t-il leur arriver ? demanda le frère hôtelier après le départ du sergent et de ses prisonniers.

— Ce que Dieu veut ! fit le prieur qui semblait soulagé. (Puis, se tournant vers Ogier, il ajouta avec l'onction qui lui était habituelle :) Messire, vous êtes désormais, devant Dieu, le seigneur de Talmont.

Ogier, qui s'était repris, ne répondit pas. Il se tourna vers ses hommes d'armes et donna quelques ordres.

On apporta aussitôt une civière, sur laquelle on étendit le corps de Ramnulphe, que l'on recouvrit en hâte d'un grand drap.

Et les religieux s'apprêtèrent à quitter les lieux, sous bonne escorte.

— Nous emportons votre frère, messire, fit le prieur en guise d'adieu, nous l'enterrerons pieusement.

Epuisé, Ogier ne dit mot et alla se rasseoir dans son faudesteuil, la tête dans les mains.

Quand le funèbre cortège eut quitté la salle, il leva les yeux et vit qu'il était seul avec Galeran.

— Sans doute tout ceci était-il nécessaire, chevalier ? dit-il avec douceur. Je pourrais être heureux, je suis vengé, et pourtant… cette charge qui m'incombe désormais me pèse déjà.

— Que voulez-vous dire, messire ?

— Quand mon père est mort, j'étais encore un enfant… Ce n'est pas moi qui me suis enfui, c'est mon frère qui m'a chassé… C'est pour cela que je suis revenu.

— Je comprends, dit le chevalier gravement.

Ogier eut un petit rire :

— J'avoue que je me suis souvent demandé où vous vouliez en venir avec moi, aujourd'hui surtout !

— Moi aussi, par moments ! dit le chevalier en riant. C'était une vraie partie de trébuchets !

— Et ces horribles femmes, vous faudra-t-il des soldats pour les dénicher ?

— Nous irons visiter leur repaire, mais à mon avis, ces filles sans vergogne ne nous auront pas attendus et galopent déjà. J'ai vu Lygie, celle qui les commande. Elle était tout à l'heure dans la foule, mais elle ne nous a pas suivis jusqu'au Fâ. Croyez-moi, elle est plus maligne que ses complices, et elle a tout de suite compris que le vent tournait.

Au bout d'un moment, Ogier soupira :

— Savez-vous, chevalier, que Balducci était un bien agréable compagnon et qu'il tenait même tête à ma savante Estella ?

Un sourire un peu amer se dessina sur les lèvres du chevalier.

— J'ignorais tout de l'idylle entre Balducci et votre fille. J'avoue que, lorsque je l'ai vue se jeter dans ses bras, j'ai bien cru que je m'étais trompé sur toute la ligne et que c'était vous le coupable…

Ogier eut un petit rire sarcastique :

— Pourquoi pas ? Je ne suis pas un saint et notre Génois n'était pas, tout comme le diable, dépourvu de séduction ! Il savait que le point faible de tout être humain est sa vanité. Chez moi, il flattait l'orgueil de l'homme de sciences et mes prétentions d'ingénieur.

— Et chez Estella ? s'enquit le chevalier.

— Pour Estella, sans doute, sa poignante mélancolie de petite fille solitaire, qui la portait à croire que le monde est un rêve. Il se faisait le complice de ses chimères, mais je pense qu'avec elle, il était sincère, car lui-même, comme tous les aventuriers, est quelqu'un de chimérique.

Ogier s'interrompit un instant, puis reprit :

— Vous savez, chevalier, la cupidité est un mal sans remède et, avec les croisades, la chrétienté est en train d'y succomber. Les cadets de famille comme Balducci ou moi-même ne se contentent plus d'être des *particulares,* ceux qui ont la petite part. Ils deviennent des mercenaires grassement payés, des « ennemis communs de toute l'humanité », disait jadis Isocrate. Balducci était d'une illustre lignée génoise, mais il aurait pu, tout aussi bien, être florentin, pisan ou vénitien. Toutes ces grandes cités italiennes, qui se sont érigées en communes et ne songent qu'au profit et au commerce, regorgent d'hommes tels que lui. Enfin, je sais ce qui se passe en Méditerranée, mais point par ici…

— À peu près la même chose, dit le chevalier. Si je suis venu enquêter dans ces parages, c'est que notre reine Aliénor s'était engagée, par un accord, à protéger les navires de la Ligue Hanséatique qui naviguent sur le grand fleuve.

— Cette ligue est donc très puissante ?

— Oui, elle a des comptoirs à Hambourg et à Lubeck, mais aussi à Londres, Bruges, Novgorod, Bergen et, dit-on, jusque dans la lointaine île de Gotland… Elle possède, sans doute, plus de nefs sur les mers que notre roi Louis.

— Bon, mais qu'en est-il ici ?

— Pour cent affaires criminelles, dit calmement le chevalier, il n'y en a pas dix que l'on puisse connaître dans toute leur étendue. La Gironde, comme tous les grands fleuves, charrie un trafic qui vaut de l'or. Alors, il y a concurrence entre les marchands, les ruffians qui abondent dans les ports et les ligues qui achètent leurs services. Chacun se sert sur les chargements des navires et se livre au trafic des épices, au faux-saunage, et autres activités tortueuses.

» Ainsi, après avoir quitté le château de Blaye pour me rendre à Talmont, je croisai un étrange convoi mené par des soldats et un homme de guerre dont le harnois m'étonna. Il était vêtu d'une cotte faite de maillons de métal comme on n'en fabrique pas dans nos régions, mais dans les cités italiennes. Que faisaient là ces mercenaires, que transportaient-ils ? Profitaient-ils du grand branle-bas des croisades pour trafiquer en toute impunité ? Alors, quand en arrivant à Talmont, je découvris l'existence du seigneur Balducci, je compris tout de suite qu'il y avait ici un début d'implantation génoise, qu'ils avaient décidé de s'installer sur le fleuve, en aval des Bordelais, ce qui est de bonne guerre et conforme à leurs habitudes maritimes.

— Ainsi, d'après vous, Balducci, n'était que l'homme de main d'une de ces toutes-puissantes ligues ?

— Oui, sans aucun doute, mais un homme de main d'une rare habileté, et tout me donne à penser qu'il n'en était pas à son coup d'essai. Il y a eu, non loin d'ici, à Mornac, un autre repaire de naufrageurs, mais celui-là ne bénéficiait d'aucune protection et il a été détruit par les féaux de la reine. Balducci a compris la leçon : il a d'abord acquis par ses largesses les bonnes grâces de votre demi-frère et le poste de viguier, et il comptait bien acquérir les vôtres en épousant votre fille !

Ogier hocha la tête. Un air de profonde lassitude avait envahi ses traits et il serra frileusement les pans de son manteau autour de lui.

Le chevalier poursuivit :

— Il a établi des relais pour ses marchandises – j'en ai découvert un en venant ici –, et ensuite seulement, il s'est attaqué aux bateaux avec l'aide des « veuves » du hameau de Meschers. Après, il n'avait plus qu'à écouler ses prises. J'ai compris qu'il revendait le sel en le faisant passer pour celui de Sétubal, mais, sans doute, lui et ses maîtres avaient bien d'autres stratagèmes pour tromper les marchands bordelais. On peut se demander où il comptait s'arrêter. Mais nous en saurons plus lorsque nous l'interrogerons.

Comme pour lui-même, Ogier dit à mi-voix, en fixant la tache immonde laissée par son frère sur le dallage de la salle :

— Ainsi la réalité nous rattrape toujours. À quoi bon rêver ? Je pensais que la haine et la jalousie de mon frère avaient disparu après tant d'années. En arrivant à Talmont, je suis venu le visiter en son châtelet et, ce jour-là, j'ai bien cru qu'il allait déjà crever de rage…

Il se tut brusquement, et sa tête retomba sur sa poitrine comme s'il ruminait de sombres pensées.

Galeran le salua et sortit sans bruit de la lugubre salle.

58

Alors que le chevalier s'en retournait vers Talmont, la cloche de l'église sainte Radegonde s'était mise à sonner à toute volée.

Galeran s'immobilisa. Un grand tumulte se faisait entendre. Cela venait du châtelet, d'où sortaient précipitamment des gens d'armes.

— Il est arrivé malheur, criait frère Aelred en courant vers le chevalier. Regardez, voilà le sergent qui vient vers nous.

— Messire ! Messire ! Le Génois, il m'a tué deux gars et a pris la fuite. Nous ne savons où il est passé.

— Les portes sont fermées, dit calmement le chevalier, et puis il risquerait de se faire mettre en pièces par la foule s'il traversait le bourg…

— Alors quoi ? dit le sergent. Où peut-il être, ce maudit ?

— La mer, bien sûr, fit soudain Aelred, et la Fosse Porte…

–Que dites-vous ?

— Du châtelet à la Fosse Porte, le chemin est court, messire. Et il y a toujours là des chaloupes à l'attache.

— Où est-ce ? demanda le chevalier.

— Juste derrière l'église. Mais, crénom, c'est là que j'ai amarré mon voilier ! Ah ! le mécréant ! hurla Aelred en s'élançant à toutes jambes vers la falaise, suivi par le chevalier.

Quand Galeran et le jeune moine arrivèrent

au petit port du prieuré, ils virent que Balducci était déjà loin. Il avait hissé la grande voile carrée, et la fine embarcation filait vers l'embouchure de la Gironde.

Galeran dégringola les marches de pierre, se précipitant vers le ponton. Alors qu'il allait se jeter dans l'unique chaloupe qui restait à l'attache, Aelred le retint.

— Non, ce n'est pas la peine. Regardez, chevalier, elle prend l'eau. Ce bougre de Génois n'a rien laissé au hasard.

Effectivement, le fond de la chaloupe se remplissait lentement.

— Mordié ! cria le chevalier, il va nous échapper.

— Non pas, rétorqua d'un air sombre Aelred. Il porte sa mort et son bourreau avec lui, et on dirait qu'il ne le sait pas encore.

Galeran se tourna vers le moine.

— Que voulez-vous dire, frère Aelred ? Expliquez-vous.

— Tantôt, je ne suis pas venu seul, chevalier. Il est vrai que nous n'avons guère eu le temps de discourir depuis mon arrivée à Talmont. Sur les conseils de notre père ermite, j'avais embarqué avec moi un homme affaibli, mais auquel la conscience était lentement revenue.

— Le naufragé anglais ! s'exclama Galeran.

— Oui ! Lui-même. Après une crise de délire plus forte que les autres, il s'est comme réveillé d'un mauvais rêve. Quand il a eu repris un peu de force, il nous a raconté sa terrible histoire. La tempête, le feu trompeur pour attirer le bateau, les récifs et, enfin, cette maudite plage où on les attendait pour les achever comme bêtes à l'étal. Il avait pu s'accrocher à un épar, et c'est ce qui l'a sauvé. Il a été entraîné par les courants, loin des lieux du massacre.

Mais il avait tout vu. Les crocs à naufrage qui déchiquetaient les chairs. Ces femmes hurlantes qu'il appelait des sorcières dans son délire, et cet homme qui les encourageait de la voix et du fer, cet homme qui n'était autre, nous le savons maintenant, que Balducci, le Génois !

59

Ogier qui, après le départ du chevalier, s'était remis à ses travaux, avait lui aussi entendu l'alarme. Craignant quelque redoutable incendie, il s'était levé de sa table et avait braqué le miroir de Virgile sur le bourg, puis, plus loin, vers un petit voilier qui franchissait la Porte Océane et se dirigeait droit vers le large. Ogier allait se détourner quand il s'immobilisa. Il avait reconnu Balducci.

Le seigneur de Talmont ajusta mieux le miroir, dont l'image se fit plus nette.

Une mince silhouette noire avait soudain jailli d'un abri de toile à l'arrière du navire. Puis s'était glissée en rampant le long du plat-bord, avant de se redresser et de marcher vers le Génois qui lui tournait le dos.

Celui-ci, tout à ses manœuvres, ne semblait pas se rendre compte de sa présence.

« Peut-être, murmura Ogier, pense-t-il déjà à ce qu'il y a au-delà du couchant et dont il m'a si souvent parlé, ce nouveau monde qu'il rêvait d'aborder un jour en conquérant. »

Dans la lentille de verre, les deux silhouettes se rejoignirent. Elles ne faisaient plus qu'une, maintenant, enlacées dans une mortelle étreinte…

— Père, je vous ai cherché partout. Je me demandais où vous étiez, dit Estella en entrant dans la grande salle. Mais vous êtes tout pâle, que regardez-vous ainsi ?

— Oh rien, mon enfant, rien que l'horizon, fit Ogier en repoussant le miroir. Et je me rappelais cette phrase de Grégoire de Nysse, tu te souviens, Estella : « Oh, homme, quand tu considères l'univers, tu comprends ta propre nature. »

60

Comme l'avait prévu le chevalier, celles qu'on appelait les « veuves » avaient déguerpi.

Dans les grottes qui surplombaient le fleuve, non loin du hameau de Meschers, les hommes d'armes ne trouvèrent que les trois vieilles sous leur tas de haillons.

Elles étaient mortes près de leur feu éteint, probablement empoisonnées par leurs féroces compagnes.

Alors que les hommes d'Ogier et le sergent fouillaient les lieux, le chevalier découvrit une trentaine d'excavations creusées dans la roche et fermées par de grossières trappes de bois. Elles étaient remplies de sel et de marchandises diverses, ce qui montrait que la bande pratiquait le faux-saunage et bien d'autres trafics à travers le pays.

Le connétable d'Aliénor aurait là une difficile enquête à mener, car plus d'un riche marchand serait sûrement compromis dans cette sinistre affaire.

« Un travail de fourmis, avait répété Galeran en sortant de ces cavernes où, pendant tant d'années, avaient vécu les goules. Et de quoi dédommager les marchands bordelais et les armateurs anglais et germaniques. »

61

Le pays semblait renaître, soulagé de ses terreurs nocturnes et des haines qu'il couvait en silence depuis des années.

Tous les événements, qui à première vue n'avaient aucun sens, avaient progressivement pris leur place sur le labyrinthe du chevalier. Le convoi rencontré sur la voie romaine, les traces des chevaux qui les précédaient dans le marais, le relais dans la forêt et ses hôtes inquiétants, la mort brutale de l'ancien viguier, l'apparition de Balducci et l'attentat contre Lygie.

Le chevalier aurait dû être satisfait, et pourtant il ne l'était pas. En effet, Marcabru n'avait pas reparu depuis deux jours. À mesure que le temps passait, l'inquiétude de Galeran grandissait et tournait à l'angoisse.

En désespoir de cause, il alla traîner chez le manchot. Ce dernier, depuis la fin tragique de ses complices, n'en menait pas large. Il n'avait pas revu Marcabru, cet homme si avenant, disait-il en tournant en rond dans son bouge désert.

Soudain, la porte fut brutalement poussée et une grande silhouette apparut sur le seuil. C'était Marcabru, en chair et en os.

— Ah bien ! Quand on parle du loup ! s'exclama le tavernier.

Le troubadour était pâle, un peu courbé, et soufflait en marchant.

— Marcabru ! Mon ami ! cria le chevalier en le prenant dans ses bras, dans quel état tu es ! Que t'est-il arrivé ?

— Ah ! mon frère, mon bon frère ! dit Marcabru en se laissant tomber sur un banc. Tavernier, apporte-moi un remontant, celui de ta réserve !

— Alors ? insista le chevalier en prenant place en face du troubadour.

— Alors ? Alors, j'étais prisonnier, mon ami, seul contre trois !

— Mais qui ?

— Des goules, mon bon ami, des goules, je te dis ! Ah millediou ! je sais ce que c'est, maintenant !

Galeran le regardait avec inquiétude.

— De quoi parles-tu ?

— Tu te souviens : la petite qui vendait des oublies et des casse-museaux, elle vendait pas que ça, mon bon ! Quand je t'ai quitté, elle m'a entraîné dans sa maison, la traîtresse !

— Et tu l'as suivie volontiers, sourit Galeran.

— Il y avait sa mère et sa grande sœur. Ah milledious ! mon bon, elles étaient là, trois femelles affamées de chair humaine, un cauchemar. J'en sors tout juste, et je n'ai plus un liard !

Galeran n'en pouvait plus de rire.

— Tu en feras une chanson à ne pas dire devant les dames !

Marcabru toisait son ami sans se départir de son sérieux :

— Finalement, dit-il au bout d'un long moment, je me demande si tu n'as pas raison de te méfier des femmes. Moi, vois-tu, je commence à en être bougrement fatigué !

En allant chercher un autre pichet, le tavernier grinçait entre ses dents :

— Tu te doutes pas, mon gros, que ces trois drôlesses, en te cloîtrant, t'ont probablement sauvé la vie… Enfin, ajouta-t-il en tirant son vin, p't'être ben que t'es, comme moi, né sous une bonne étoile !

ÉPILOGUE

Un an plus tard, Galeran était revenu à Lesneven. Un jour, un serviteur lui remit une missive.

— C'est un moine qui a donné ça pour vous, messire. Il n'a point voulu rester.

— Un moine ? fit Galeran, prenant le parchemin et le déroulant.

Cela venait du prieuré de Sainte-Radegonde et, tout en bas du long rouleau, figurait le solide paraphe du frère Raoul.

Après les salutations d'usage, le frère hôtelier continuait ainsi :

« Comme nous le craignions tous, car il s'est avéré un seigneur juste et bon pour ses sujets, Ogier de Talmont est mort à Noël, emporté par les fièvres qui le rongeaient.

Sa fille, la noble damoiselle Estella, lui a fait dresser un gigantesque bûcher au sommet de la tour du Fâ. On en voyait les flammes jusqu'en Médoc et même au-delà.

Elle a ensuite recueilli les cendres de son père dans une urne et rassemblé son armée. Toujours escortée de son fidèle Cœcilius, elle est repartie vers l'Orient avec ses cavaliers soudanais, ses chameaux et ses coffres emplis de trésors.

Depuis son départ, le domaine du Fâ est en feu et personne, ici, ne se risque à éteindre cet effroyable brasier qui, depuis plusieurs jours, ravage l'ancien camp du seigneur Ogier.

A-t-elle utilisé le « verre ardent » dont vous m'aviez parlé, chevalier ? Je ne sais. Mais ce qui est sûr, c'est qu'il ne restera plus rien ici des œuvres d'Ogier, après cet inexplicable incendie… »

La main du chevalier retomba.

Ainsi, grâce à Estella, la promesse de son père, avait été tenue.

Le phare avait fonctionné, illuminant, ne serait-ce qu'une seule fois, le fleuve jusqu'au Médoc et à la tourelle de Cordoue, alors que se consumait à son sommet la dépouille de celui qui l'avait édifié.

« Que ceci soit la fin du livre
mais non la fin de la recherche. »

Bernard de Clairvaux.

Note de l'auteur

Huit siècles ont passé, et l'église Sainte-Radegonde de Talmont se dresse toujours, tel le bec d'une nef, au péril des flots.

Les grottes de Meschers, longtemps repaire de naufrageurs, sont devenues au XIXe siècle l'abri de pauvres gens qui y vivaient, filant et pêchant comme les « veuves » de cette histoire.

Quant au grand fleuve, il a inspiré ce récit et bien d'autres…

Lexique médiéval

Affûtiaux : objets de parure sans valeur.

Archais : étui contenant l'arc et des cordes de rechange.

Bliaud : tunique longue de laine ou de soie, aux manches courtes dans le Sud et longues dans le Nord, serrée à la taille par une ceinture. Habit de la noblesse ou de la grande bourgeoisie.

Bourrine : maison basse en bourre, terre malaxée avec de la paille ou des roseaux hachés, puis blanchie à la chaux.

Braies : caleçon plutôt long et collant au XIIe siècle, retenu à la taille par une courroie.

Brocarder : attaquer avec des paroles.

Broigne : justaucorps de grosse toile ou de cuir, ancêtre de la cotte de mailles, recouverte de pièces de métal.

Brouet : bouillon, potage.

Chainse : équivalent de la chemise, tunique en toile ou lin à manches fermées.

Chasse-cousins : piquette offerte aux intrus, pour se débarrasser d'eux.

Chaperon : petite cape fermée avec capuche, portée comme un chapeau en été, torsadée sur le crâne.

Chausses : chaussettes en drap, tricot ou laine, parfois munies de semelles de cuir et maintenues par des lanières s'attachant en dessous du genou. Les hauts-de-chausses étaient l'équivalent de nos bas.

Cluny : abbaye fondée par saint Bernon. Règle bénédictine interprétée dans l'esprit de saint Benoît d'Aniane (IXe siècle).

Conche : (du latin concha) terme employé en Saintonge pour désigner une baie ou une crique.

Conil : ou conin, lapin.

Couire : sorte de carquois, permettant le transport des flèches.

Crapaudaille : ramassis de gens méprisables.

Drageoir : sorte de bonbonnière.

Eschets : ancien nom du jeu des échecs.

Escoffle : pèlerine utilisée pour la chasse, en cuir ou en fourrure.

Faudesteuil : fauteuil, en général pliant.

Faux saunage : contrebande du sel.

Fin amor : l'amour courtois.

Goupil : renard.

Harnois : désigne tout l'équipement d'un homme de guerre (broigne, épées, lance, bouclier...), mais aussi l'habillement du cheval, voire le mobilier transportable dans les camps.

Houseaux : (du francique *hosa* : culotte), sorte de hautes guêtres de toile ou de cuir, formant bottes.

Malcuidant : qui nourrit de mauvaises pensées.

Malfé : diable, démon.

Mantel : manteau semi-circulaire comme une cape, attaché à l'épaule par une agrafe, nommée tasseau.

Mesnie : famille, lignée par le sang.

« ***Non dum*** » : Pas encore ! devise de Charles Quint.

Orfrois : passementeries, franges et broderies d'or employées pour border les vêtements. On disait « orfraiser » une robe.

Oublies : petits beignets que l'on vendait dans les rues.

Palefroi : cheval de marche ou de parade.

Plainaud : petit propriétaire de la plaine.

Quolibet : du latin « *Quod libet* » , questions posées aux étudiants pour vérifier leurs connaissances.

Rebec : instrument de musique à trois cordes et à archet.

Repues franches : les repas gratuits que l'on peut s'offrir en dérobant à chaque devanture le pain, le fromage, le vin…

Restrait : lieu d'aisance comportant un conduit plus une fosse où l'on mettait des cendres de bois qui décomposaient les matières organiques.

Rouches : roseaux.

Senhal : pseudonyme donné par un troubadour à sa belle, afin d'en cacher l'identité.

Tensos : dans la poésie du Moyen Âge, sorte de dialogue où les interlocuteurs s'invectivent.

Tortil : bourrelet de tissu en torsade, à bouts pendants par-derrière.

Vagant : errant.

Varagne : écluse.

Vielle : ou viole, instrument à cordes où une manivelle à roue remplace l'archet.

Viguier : du latin vicarius, militaire ou magistrat, chargé d'administrer la justice.

Quelques mesures du XIIe siècle

Lieue : mesure de distance, environ 4 km.

Toise : ancienne mesure de longueur : 1,94 m.

Pied : ancienne mesure de longueur : 32,4 cm.

Brasse : ancienne mesure de longueur, égale à cinq pieds, environ 1,60 m.

Pouce : ancienne mesure de longueur : 2,7 cm.

Les heures des offices

Matines : ou vigiles, office dit vers 2 h du matin au Moyen Âge.

Laudes : office dit avant l'aube.

Prime : office dit vers 7 h du matin

Sexte : sixième heure du jour, vers midi.

None : office dit vers 14 h.

Vêpres : du latin *vespéra* : soir. Office dit autrefois vers 17 h.

Complies : office dit après les vêpres, vers 20 h. C'est le dernier office du soir.

Ils vivaient au XIIe siècle…

Abélard : (né en 1079, mort en 1142) philosophe, théologien et dialecticien français. Fonde l'abbaye du Paraclet, dont Héloïse deviendra l'abbesse. Bernard de Clairvaux obtint sa condamnation au concile de Sens en 1140.

Aliénor d'Aquitaine : (née en 1122, morte en 1204) divorcée en 1152, elle se remarie la même année avec Henri Plantagenêt dont elle eut huit enfants (dont Richard Cœur de Lion et Jean sans Terre…). Elle finit ses jours à l'abbaye de Fontevrault, où elle est enterrée.

Aliénor sera l'instigatrice des **rôles d'Oléron**, qui avaient pour but de bannir toutes pratiques telles que le droit d'aubaine lors des naufrages. Ces rôles constitueront la référence lors de l'élaboration des réglementations maritimes ultérieures.

Arnaut Guilhem de Marsan : troubadour gascon de la cour d'Aliénor, il écrit un livre, publié en 1170 : *L'enseignement pour un jeune noble*.

Bernard de Clairvaux : (né en 1091, mort en 1153) moine à Cîteaux en 1112, premier abbé de Clairvaux en 1115. Il prêche la seconde croisade à Vézelay en 1146. Il soutient des polémiques contre l'ordre de Cluny.

Conrad III de Hohenstaufen : (1093-1152) élu empereur germanique en 1138. Il participe à la deuxième croisade.

Gérard II Rudel : frère cadet de Jaufré II

Rudel, il administrera le château lors de son départ pour la seconde croisade et lui succédera à sa mort.

Guillaume VI Taillefer : cousin et suzerain de Jaufré le Rude. Lève un ost pour rejoindre Louis VII et Aliénor. Il embarque à Port-Bou avec Alphonse Jourdain, comte de Toulouse, le chatelain de Couci et le vicomte Jaufré Rudel. Ces deux derniers meurent de maladie, l'un sur le bateau, l'autre à Saint-Jean-d'Acre.

Jaufré II Rudel, vicomte de Blaye : célèbre poète et troubadour du XIIe siècle. Débarque à Saint-Jean-d'Acre, le 13 avril 1148, et y meurt d'une maladie contractée à bord du bateau.

Louis VII : (né en 1120, mort en 1180) roi de France, sacré à Reims le 25 octobre 1131. Marié en 1137 à Aliénor d'Aquitaine. Participe à la seconde croisade avec Conrad III. Divorcé en 1152. Veuf de Constance de Castille, il se remarie avec Adèle de Champagne, mère de Philippe II Auguste. Mort le 18 septembre 1180.

Marcabru : (ou Marcabrun) enfant trouvé, né en Gascogne. Combattit en Espagne contre les Maures. L'un des plus fameux troubadours du XIIe siècle. Créateur du « trobar-clus » , la poésie hermétique.

Peyronnet : fidèle jongleur et chanteur de Jaufré le Rude.

Rambaut de Vaqueiras : troubadour et jongleur, fils d'un pauvre chevalier, nommé Peirol. Amoureux de l'épouse d'Enrico de Caretto, madame Béatrice, à laquelle il avait donné le senhal de « beau chevalier » .

Ramnulphe III : seigneur de Talmont, mentionné en 1170.

Saldebreuil de Sanzay : connétable d'Aquitaine, Aliénor l'appelle son « sénéchal » .

Suger : (né en 1081, mort en 1151) moine et homme politique. Abbé de Saint-Denis en 1122. Condisciple et ami de Louis VI, il fut le conseiller de Louis VII et le régent du royaume de France pendant la seconde croisade.

Pour en savoir plus…

Talmont jadis et aujourd'hui, Anne Mingasson-Gillet. Jacques Tribondeau. Éditions Rupella.

Sainte Radegonde de Talmont, Les amis de Talmont sur Gironde.

La Saintonge romane. F. Eygun, La Pierre Qui Vire.

Fêtes traditionnelles et réjouissances publiques en Poitou, M. Gabet-Villechange. Éd. D. Brisaud.

Le mois des dragons, Marie-France Gueusquin. Berger-Levrault.

Mémoire de Bérard d'Albret, Gouverneur de Blaye en 1337. Tome 1er.

L'architecture des phares, Daniel Raes. Éditions l'Ancre de Marine.

Le folklore de la mer. Paul Sébillot, Éditions l'Ancre de Marine.

Voyager au Moyen Âge, Jean Verdon. Édition Perrin.

Les explorateurs au Moyen Âge, Jean-Paul Roux. Hachette/Pluriel.

De l'or et des épices, Naissance de l'homme d'affaires au Moyen Âge. Jean Favier. Hachette/Pluriel.

Pèlerins du Moyen Âge, Raymond Oursel. Fayard.

Les chemins de Compostelle en terre de France, Patrick Huchet, Yvon Boelle. Éditions Ouest-France.

La société féodale, Marc Bloch. Albin Michel.

Encyclopédie médiévale, Tomes 1 et 2. Viollet-le-Duc. Inter-Livres.

Initiation à la symbolique romane, Marie-Madeleine Davy. Champs, Flammarion.

Les intellectuels au Moyen Âge, Jacques Le Goff. Points Histoire. Seuil.

La révolution industrielle du Moyen Âge, Jean Gimpel. Points Seuil.

Les ordres religieux, Guide historique. G. et M. Duchet-Suchaux. Flammarion.

La femme au temps des cathédrales, Régine Pernoud. Le Livre de Poche.

La vie au Moyen Âge, Robert Delort. Points Histoire. Seuil.

Aliénor d'Aquitaine et les troubadours, Gérard Lomenec'h. Éditions Sud-Ouest.

Poèmes d'amour des XIIe et XIIIe siècles, Bibliothèque médiévale. 10/18.

Sources d'histoire médiévale. Du IXe au milieu du XIVe siècle, Textes essentiels. Larousse.

DANS LA MÊME COLLECTION

1. UN REQUIEM POUR MOZART
   de Bernard Bastable
2. L'APOTHICAIRE DE LONDRES
   de Deryn Lake
3. BLEU SANG
   de Viviane Moore
4. JANE AUSTEN ET LE RÉVÉREND
   de Stephanie Barron
5. LA PHOTO DU BOURREAU
   de Peter Lovesey
6. UN SI JOLI VILLAGE
   de Kay Mitchell
7. EN DES LIEUX DÉSOLÉS
   de Kay Mitchell
8. UNE ÉTRANGE AMBITION
   de Kay Mitchell
9. NOIR ROMAN
   de Viviane Moore
10. LE SEPTIÈME SACREMENT
    de James Bradberry
11. LA SOURCE NOIRE
    de Miriam Grace Monfredo
12. MAUX D'ESPRIT
    de Peter Lovesey
13. TROP DE NOTES, MR MOZART
    de Bernard Bastable
14. LA SONATE INTERDITE
    de Taiping Shangdi
15. L'APOTHICAIRE ET « L'OPÉRA DES GUEUX »
    de Deryn Lake

16. LE MOBILE
de Dominic D. West
17. ROUGE SOMBRE
de Viviane Moore
18. LA MÉLANCOLIE DES RUINES
de James Bradberry
19. L'AIGLE D'OR
de Miriam Grace Monfredo
20. À JETER AUX CHIENS
de Kay Mitchell
21. LA NOYÉE DU PALAIS D'ÉTÉ
de Taiping Shangdi
22. ABRACADAVRA
de Peter Lovesey
23. UN DOIGT DE PORTO
de Tony Aspler
24. LES ÉTRANGES DOSSIERS DE FREMONT JONES
de Dianne Day
25. LA DOMINANTE
de Dominic D. West
26. LA CROISADE DE FALCONER
de Ian Morson
27. LE PRISONNIER DE L'OCÉAN
de Taiping Shangdi
28. BLANC CHEMIN
de Viviane Moore
29. L'ŒIL DE DIDEROT
de Hubert Prolongeau
30. L'AGENT DE PHARAON
de Lynda S. Robinson
31. AUX INNOCENTS, LA COLÈRE
de Kay Mitchell

32. JANE AUSTEN À SCARGRAVE MANOR
de Stephanie Barron
33. L'INCENDIE DE SAN FRANCISCO
de Dianne Day
34. LE PUITS DE LA MORTE
de Taiping Shangdi
35. LA PARTITION
de Dominic D. West
36. LES LOUPS DE LA TERREUR
de Béatrice Nicodème
37. LA PLACE D'ANUBIS
de Lynda S. Robinson
38. JAUNE SABLE
de Viviane Moore

IMPRIMÉ EN FRANCE PAR BRODARD ET TAUPIN
La Flèche (Sarthe).
Imp. : 22770 – Edit. : 44834 - 02/2004
ISBN : 2- 7024 - 9622 - 9
Édition : 06